ちくま文庫

話虫干

小路幸也

筑摩書房

目次

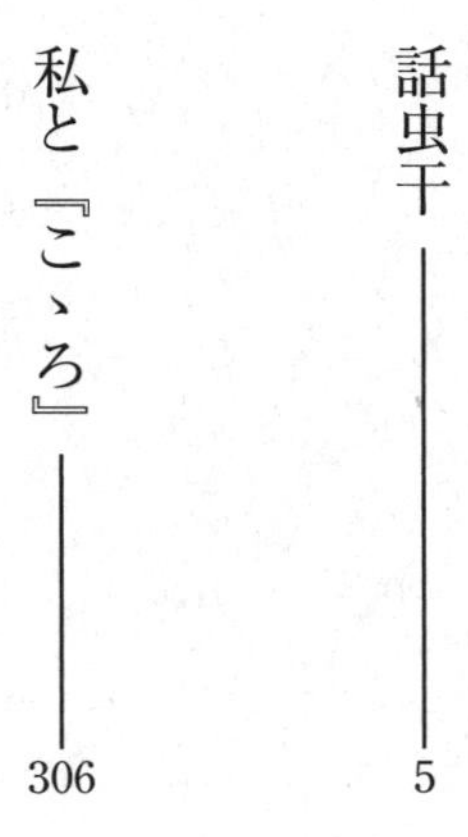

話虫干

序章

何かに囚われた。

ふいにそんな様な心持ちになり、私は頭を一、二度素早く動かし手を額に添えた。

その様子がまるで顔前に飛んで来た羽虫を追い払っているかのように見えたのだろう。静さんも慌てて至極嫌そうな表情で右手をひょいひょいと顔の前で振った。

「いや、虫ではありません」

「違うのですか？」

何だ紛らわしい、とでも言うような表情を見せた後、静さんは今し方去っていった私の友人の方を見遣った。

彼らが立ち止まり、こちらに身体を向け大きく手を振っていた。笑顔が弾けていた。

おそらくは静さんが勘違いして手を振ったちょうどその時に振り返ったのだろう。それを、てっきり自分たちに向かっての挨拶だと思ったのだろう。人間関係はささいな誤解の積み重ねで成り立つと書いたのは誰だったか。

「愉快な人達でしたね」

「そうですか」

静さんは小さく頷(うなず)いた。

「またお呼びになると良いわ。家の中が明るくなって良いから」

「私は一人になると辛気臭いですからね」

いやね、と、静さんは右手を口に当てて笑った。

「そういう意味ではありません」

判っている。それは判っているのだが、どうにも判らないのは今し方感じた何かだ。

「静さん」

二人で戸口を潜り、敷石に足を乗せたところで私は問うた。

「あいつは、確かに私の友人でしたよね」

きょとん、と、眼を丸くする。

「お酒でも召し上がったの？」

「いいえ」

「では、何かの謎掛け？　嫌だわ、私の頭が悪いのをまた馬鹿にするのでしょう」

そういうのではないのですが、と言った。確かに妙な物言いだと我ながら思う。しかし、そんな風に感じてしまったのだ。

「変よ、圖中（となか）さん」

「そうですね」

静さんは、ふふ、と笑う。

「早く入りましょう。熱が下がったといってもまだ休んでいなくては」

そう言って足早に家の中に入って行った。私はその後ろ姿を眺め、また何かの思いに囚われ向きなおり足早に門から道へ出た。下駄の歯が敷石に強く当たり、ぎりっ、と、音を立てた。

二人の友の背中はもう見えなくなっていた。左に折れて、坂を下って行ったのだろう。古本屋でも冷やかすと言っていたから、水道橋を抜けて行き神保町辺りを二人で歩き流すのだろう。

今日は熱を出して三日寝込んでいた私の見舞いに来てくれたのだ。病み上がりに滋養を付けるのにはこれが一番だと、卵と肉という学生には贅沢過ぎる見舞いの品も持って来てくれた。

「糸井」

二人の内の、片方の学友の名を呟いてみた。

糸井馨（かおる）。

そうだ、確かに彼は私の学友だ。

生家は神戸に在（あ）ると聞いている。呉服屋を営む裕福な家の息子で、先日は大層上等そうな浅葱（あさぎ）色の反物を二反寄越した。下宿先の奥さんや娘さんに差し上げるといい、と笑っていた。卵と肉の購入資金も彼が出したのだろう。

叔母がすぐ近くの家に住んでいて、彼も其処（そこ）に下宿している。其の叔母というのは先の戦争で旦那を亡くし今は一人で暮らしているのだが、実は静さんのお花の先生でもあった。そういう縁がある事が判り、親しく話をするようになった。未亡人の素人下宿に用心棒代わりに厄介になっているというのも、只の偶然なのだが同じだ。

糸井は些（いささ）か背が高過ぎて立ち話をするのには向かない男なのだが、木偶（でく）の坊という訳でもない。話をしてみれば、快活で頭の回転が速い男だった。心根も優しく、また目端の利く所もある。顔立ちに何処（どこ）か外国人風の彫りの深さがあり、さぞかし胸をときめかせているお嬢さんが多いのではと奥さんは言っていた。確かにそうかも知れない。

いい奴なのだ。

良き友人だ。

厭世の思いに囚われがちな私をひょういと軽く掬（すく）い上げて、ほら此処（ここ）が現世なのだしっかりその足で立て、と、肩を親しげに叩いてくれる。

貴重な友が出来た。そういう思いが、確かに私の中にしっかりとある。

だが、何なのだろうこの感覚は。

このえも言われぬ違和感のようなものは。

一緒にやって来た桑島は、桑島芳蔵は、そうだ間違いなく私の学友だ。それどころか幼馴染みと言ってもいい。同じ郷里で育ち、奴は坊さんの息子で早い内に養子に出され、養子先が東京の大学へ寄越してくれたのだ。ほぼ同じような境遇の私達は、東京に出て来てからの日々を一緒に過ごして来た。

一番に自分の事を知る友は誰かと問われれば、私は桑島の名を出し、桑島は私の名を、圖中和生（となかかずお）がそうだと言うだろう。

そこに糸井が、自慢できる事ではないが、友人の少ない私と桑島の間に糸井馨が入って来たのは何時（いつ）頃からだったろう。

そうだ、こうして思い出そうとしても、まるで夕霧の中に入り込んだように何もかもが朧（おぼろ）げに、儚（はかな）げになる。糸井と私達は、何時どのようにして親しくなったのだったか。初めて会ったのは何処でだったのか。

糸井馨。

君は、本当に私の学友だったか？

いや、君は、この世の人間なのか？

「馬鹿な」

　無理矢理に押し出すように呟き、頭を掻き誰に見せるでもなく苦笑してみせた。何だその問いは、疑問は、益体も無い事を。まるで子供の空想ではないか馬鹿馬鹿しい。

「圖中さん？」

　静さんが、何時まで経っても家の中に入って来ない私を呼んだ。そうだ、玄関の戸は開け放しになっていたのだ。

「また風邪がぶり返しますよ」

「あ、はい」

　慌てて駆け込んだ。

＊

　妹尾の家に下宿し始めて二月程が過ぎた。

　その間に季節が変わり吹く風の中に冷たいものが混じるようになり、外出には襟巻を引っ掛けないと首の辺りがすうすうする。私は男の癖に冷え性な所が在りこれからの季節はどうにも苦手だ。

「お食事ですよ」

静さんが呼びに来て、返事をして階下に下りて居間に向かう。来た頃は膳を部屋に運んでもらっていた食事も、こうして居間で三人で囲うようにもなり、それが当たり前にも思えて来た。一人より二人、二人より三人。食事は大勢でした方が楽しいものです。楽しく食事をすれば、それは淋しい食事より身になります。奥さんはそう言っていたが、確かにそうだなと思う。

朝晩にも部屋の中で隙間風が幅を利かしてきたので、後で火鉢の用意をしますから手伝ってくださいませね、と静さんが言った。

炭もそろそろ心許(こころもと)なくなってきたから、もし用意屋さんの姿を見掛けたら声を掛けといて下さいな、と奥さんが続けた。

私は、判りました、と笑みを見せて素直に頷く。

女性二人との、そういう何気ない日常のやり取りというのもごく自然に出来るようになった。住み始めた当時には随分と戸惑い、私という人間はこんなにも女性に対して臆してしまい、かつ世事に疎い人間だったかと呆れてしまった。

だが其れも、私があれ以来眼もこころも閉じてしまったが故と今は判る。誰よりも信頼していた叔父に騙(だま)され、親しんでいた叔父の家族たちにも疎(うと)んじられ、およそ人間というものが信じられなく、いや、恐ろしくなって自己の内側にばかり眼を向けていた所為(せい)だ。

此処に初めて来た時にはさぞや剣呑な雰囲気を漂わせかつしょぼくれた顔をしていただろうと、笑ってしまう。よくそんな鬱陶しい書生風情に下宿を許してくれたものだと、奥さんには感謝している。

奥さんは、妹尾節子さんは、戦争未亡人だと言う。静さんの年齢から考えるならば三十後半から四十といった辺りだろう。

それこそ、糸井などは「蟷螂のようですね」と喩えたが言い得て妙だ。決してきつい性格というわけではないが、迂闊にその身を差し出せば喰われてしまうかと思うほどの鋭さと厳しさを持っている。同時に、それに見合う美しさを湛えた人だ。

お嬢さんの静さんは、正反対に優しく丸っこいお人柄だ。私の詰まらない冗談にもころころとよく笑い、明るく人懐こい。よくも母娘でこれだけ性格が違うものだと感心するが、静さんの其れは亡くなったお父さん譲りのものなのだろう。仏壇の写真は軍服で顰め面をしてはいるが、そこに漂う優しく楽しげな人柄は隠しようもない。

駄菓子屋のふくばあさんに勧められてここを訪れて、下宿先に決めて本当に良かったと思う。

日曜日の今日は学校に行く事もない。朝御飯を終えて自室に戻り、煙草を吹かしていた。そういえば机の上に本を積み重ね過ぎている。送ってもらい封を切っていないものまでそのままだ。

　では休日らしく机周りの掃除でもするかと立ち上がった所で、うっかり灰皿を引っ繰り返し、灰を座布団に盛大に撒いてしまった。いかん、いくら掃除は下女のツネと静さんの仕事とはいえ、これは余りにも申し訳ない。

　吸い殻を片付けてから窓を開けてぱんぱんと座布団を叩いた。舞い上がる灰と其れ以外の埃（ほこり）が部屋の中に流れてきて吸い込んでしまい、くしゃみを二度すると、すぐ下から、くすっ、という笑い声が聞こえた。

「あ、これは」

　生け垣の向こう。薄柳の着物を着て、紫紺の包と花木を抱え、榛（はしばみ）先生が此方（こちら）を見上げ微笑んでいた。

「済みません！　埃が掛かりませんでしたか」

「大丈夫ですよ。風向きが其方へだから、貴方（あなた）がくしゃみをしたのでしょう」

　確かにそうだ。

「静さんのお花ですか」

「ええ」

　こくりと頭を下げ、榛先生は下宿の門を潜った。糸井の叔母で、静さんのお花の先生。名は確か美智子といった筈だ。

榛美智子。

友人の叔母をどう呼べば良いか判らず、静さんが先生と呼ぶのでそのまま榛先生と呼んでいる。元より女性の年など会っても話しても一向に知れない朴念仁だが、榛先生に至っては混乱する程に判らない。

まるで少女のような笑顔にまだ二十代ではないかと思う時もあれば、えも言われぬ淑やかさに妙齢の色気も漂う。確かもう五十を超えた筈だと糸井は言っていたが、それは悪い冗談だろうと思える程だ。それとも新時代にはああいう女性が何処からともなく現れるものかと考えた。

「あ」

其の姿を眼で追っていて、思わず声が出た。榛先生は丁度下宿の玄関の引き戸に手を掛けた所で、私の声に顔を上げた。

「何か？」

「いえ、何でもありません」

先生は、またくすっ、と笑い、からからと戸を開けた。「御免下さい」と声が響く。静さんの答える声が聞こえた。

まただ。

またあの不可思議な感覚だ。

何なのだろう、これは。気の病に触れてしまったのだろうか。昨日、糸井に感じたものとまるで同じものを棒先生に感じてしまったのだ。

榛先生は、本当に静さんのお花の先生だったか？
私は何処でどの様にして知り合ったのだった？
あの女性は、榛美智子はこの世のものなのか？

一

「そもそも何を為すために我々は学問を志したのかを考えるべきだね」

「いや、それは違うのではないか」

桑島が拡げた掌(てのひら)の下にあった雑草を、むしり、と取り、そのまま眼の前の池に放り投げた。上手い具合に吹いたそよ風に乗り緑の細々したものが水面に落ち幾つもの波紋を作り、互いに消し合っていく。

丸三屋で昼飯をかっ込んでそのまま大学脇の無明池まで歩いた。食べ過ぎた桑島が少し横になりたいと言ったからだ。そうでなくても桑島はこの無明池のほとりでよく寝ている。しかもその眠り方は豪快そのものだ。眠りこけると盛大に鼾(いびき)を掻きちょっとやそっとの事では起きない。先日などは急な通り雨にも気づかずに眠り続け、眼が覚めた時に何故自分はずぶ濡れなのかと悩んだそうだ。

私もこの池の周りの風景が好きだ。故郷の家の近くにあった溜池の様子によく似ている。緑濃く水面に映り、吹き渡る風が野の花の香りを運んでくる。

「何が違うというのだ」

「何を為すためではなく、自分に何が出来るのかを見極めるために学問を進めるのじゃないか」

これから世の中はどんどん変わっていく、と桑島は続けた。

「では、変えていくのは誰なのか。百姓か？　職工か？　政治家か財界人かそれとも資本主義者たちか社会主義者たちか。どれもこれも否だ」

「では誰なのだ」

「ライフスタイルを真剣に考えられる頭を持った者だ。新しき知識人だ。古きものを掘り起こし、新しきものを生み、人間という生き物はどう生きるべきかを考えられる者たちこそがこの世を変えていける。むろん、そんな人間はごく僅かだろう。そういう一握りの人間が何もかもを統括し掌の上で動かしコントロォルしてこそ世の中は変わり、最善の方向へと進む」

其れではまるで、と、私は嘆息した。

「独裁者ではないか」

そう言うと桑島は我が意を得たりという風ににやりと笑った。

「俺の理想はそこにある」

其れはある意味では危険な思想ではないか、と言おうとした時に、びょう、と突風が吹き抜けた。桑島の年季の入った袴（はかま）を盛大にはためかせ、傍らに置いた私の学帽を一瞬浮かび上がらせ、慌てて押さえさせる程に強い風。

その風に顔の向きを変えると、池の反対側で男の子が真剣な顔をして何かの本を読んでいるのが見えた。まだ十歳やそこらのように思えるが、立派そうな仕立ての洋装をしている。何処かのお坊ちゃんなのだろうか。あんな小さい子が何の本を読んでいるのか。妙に気になった。

「桑島」

「何だ」

「あの子に見覚えはあるか」

頭を上げて、見る。

「いや、無いな。何処の子だ」

判らない、と答えようとした時に、ふいに影が差した。振り返り振り仰ぐと、そこに糸井が立っていた。

「ここに居たんだ」

言いながら長身を折り曲げるようにして、糸井は私の横にしゃがみ込んだ。そういえば、糸井がふいに現れるときにはいつも風が吹くような気がした。

「お前はどう考える」

桑島が唇の端で笑いながら糸井に問うた。

「何を？」

「来るべき新時代を統（す）べる者の資格とは何かさ」

糸井は子犬のような可愛らしい丸い眼をさらに丸くして微笑み、肩を竦（すく）めた。

「難しい話は苦手だっていつも言ってるじゃないか」

桑島が、まったく、と苦笑いする。もし私が今の糸井と同じ台詞（せりふ）を吐けば、桑島は食ってかかるだろう。いやしくも最高学府に学ぶ者が女子のような情けない事を言うな、と怒るだろう。しかし糸井にはそんな風に感じさせない不思議な魅力のようなものがある。

「まったくお前には覇気ってものが無いな」

「無くて結構。そんなものは僕には邪魔でしかないんだよ」

そんな事より、と、糸井は桑島に言った。

「さっき、庶務の人がお前を探しに十五教室に来てたよ」

「庶務？」

何だろう、と桑島は呟く。

「掛け払いにした学費は全て払い込んだがな」

「見つけたら至急庶務室に来て欲しいと伝えてくれって」

眉間に皺を寄せながら桑島は立ち上がった。

「何か判らんが行ってくるか。次の講義に遅れたら適当に言っておいてくれ」

「判った」

立ち上がって袴の埃をぱんぱんと払い、下駄の歯を鳴らして大股で去って行く桑島の背中を二人で見ていた。

秋にしては妙に暖かい日で、こうして日向にじっとしていると軽く汗も滲んでくる。糸井が懐から煙草を取り出して、火を点けた。立ち昇った紫煙がゆっくりと池の水面に流れていく。

気づけば、池の反対側に居た男の子の姿は消えていた。何処に行ったのか。誰だったのか。

「糸井」

「なんだい」

「前から気になってはいたのだが、気に障るような質問なら答えなくてもいいんだが」

何だよ、と糸井は笑った。

「君の髪の毛の色は妙に茶色いが、生まれつきか？」

しかも生え際の辺りは黒い。糸井は、うん、と頷いた。

「不思議なもんでさ。時々こうして全体が茶色くなってしまうんだ。そうしてまた黒色に戻っていくんだ」

　病気という程大袈裟ではないだろうけど、何かの疾患なのかも知れないと続けた。

「髪の毛の色なんて、世界を見れば様々だろう。僕の場合はそれが時々入れ替わってしまうと」

　成程と頷いた。外国人には金髪も赤毛も居る。日本人にも栗色の髪色の人が居るが、それの激しいものと思えばいいのか。妙に柔らかな言葉遣いといい、どこかしら西洋風の容貌といい、糸井と一緒に居るといつも異国人と過ごしているような心持ちになってしまう。

「そろそろ行こうか」

「そうだな」

　大学の裏側へ続く小道を二人でのんびりと歩いていたら、桑島が本校舎の裏口から出てくるのが見えた。何故あんな所から出てくるのかと思っていたら、その後ろからスウツを着込んだ紳士が現れ、さらにその後に女性が現れた。

　花霞みの着物に流行(はや)りの型に結い上げた髪の毛。小柄で、敷居をぴょんと跨(また)いだ様子からまだ若く、かつ活発な女性と知れた。

「別嬪(べっぴん)さんだね」

　そう言って糸井を見ると、その顔に驚きの色が浮かんでいた。

「どうした」

慌てたように笑顔を見せた。

「あ、いや」

「確かに別嬪さんだね」

目鼻立ちがくっきりとしていて、いかにも新時代の美人という風に見えるね、と続けたが動揺の色は隠せなかった。

「そんなに驚くほどだったかい」

からかうように言うと、糸井は苦笑して軽く手を振った。見ているとスウツの紳士はそのまま桑島に会釈をして女性と一緒に立ち去って行った。桑島は深くお辞儀をして二人を見送っている。さて、これは一体何があったのだろうと糸井と二人でずっと見ていたのだが、振り返った桑島は立ち止まって見ていた私達に気づいた所で手を上げ、来てくれ、と手招きした。

その表情が余りにも深刻な風だったので、私と糸井は顔を見合わせ、小走りになって向かった。

「圖中、糸井」

桑島は、今まで見た事もないような表情をしている。困ったような怒っているような。

「どうした」

「見ていたのか」

「あぁ」

ふう、と肩を落とし、息を吐く。二人は既に門を出てその姿は消えていた。

「あのスウツの男性は、ひょっとして」

糸井が言うと、桑島は軽く頷く。

「知っていたか。夏目先生だ」

「夏目先生？」

夏目先生といえば、私は母校の先輩しか知らないのだが。

「夏目金之助先生のことか」

「そうだ」

桑島はひょいと顎を動かした。

「ついこの間英国留学から帰国されて、お前の下宿から何分も掛からない所に居を構えられた」

「そうだったのか」

其れは知らなかった。

「お前は面識は無いのか」

桑島に問われて頷いた。

「無い。名前だけは教授先生達から聞かされてはいたがな」

大層優秀な方らしい。

「文部省のお抱えで、英語の研究のために三年ほど向こうで生活していたのだったな」

おう、と桑島は頷く。

「父とは縁があってな。俺は以前に紹介されていた」

「それで？」

糸井が訊いた。

「あの女性は？」

苦虫を嚙み潰したような顔をして、桑島は頷き言った。

「俺の妹だ」

桑島の妹？

思わず眼を見開き驚いてしまった。知り合って二十年も過ぎるのに、妹が居たなんてのは初耳だったからだ。

*

後で私の部屋で話を聞いて欲しいと言い残してそのまま桑島は早退した。何でも早急に片付けなければならない問題があるそうだ。学校から真っ直ぐ帰ってきて下宿の部屋で待っていると、やがてこれも一旦下宿に戻った糸井が古びた酒甕(さかがめ)を抱えてやってきた。

「何故酒なんだ」

訊くと糸井も首を捻(ひね)った。

「叔母が持っていけと言うんだ」

「榛(はしばみ)先生が？」

なんでも、と糸井は続けた。

「女絡みの話の時には酒は付き物なんて言うんだ」

それにしたって晩飯も済まさずに飲む訳にもいかないと思っていたのだが、糸井が来てから半時もしないで息急き切ってやってきた桑島は、その酒甕を見て有難い、と唸った。

「酒でも飲まなければやってられん」

「一体何なんだ」

桑島は糸井に一杯注いでもらった酒をくいっと飲み干し、はぁ、と息を吐いた。

「妹の京子と一緒に暮らさなければならなくなった」

一緒に暮らす。

「いや、そもそも君に妹が居た等とは初耳なのだが」

言うと桑島はきょとん、という風に眼を丸くした。何処をどう切り取っても厳いかついという表現しか似合わないこの男だが、女子供に妙に好かれるのはこの円つぶらな瞳のお蔭ではないかと思う。

「知らなかったって？」

糸井は私と桑島の顔に視線を行ったり来たりさせている。

「あぁ、知らない」

「そんな事はないだろう。何年友人をやっていると思っているんだ」

それはこっちの台詞だと返した。

「七歳の頃から君を知っているが、お兄さん以外の兄弟に会った事などないぞ」

桑島が何か言おうとしたときに糸井が割って入った。

「京子さんは」

「うん？」

「何処に住んでいたの？」

糸井にそう訊かれて、桑島は一瞬彼を見つめ、あぁ、と頷き、成程と呟いた。

「そう言えば、糸井はもちろん、圖中となかも会った事は無かったな」

「無いとも」

懐から煙草を取り出し、長火鉢に差し込んだ火箸ひばしで炭を挟むとそれで火を点けた。

「京子は、腹違いだ」

「腹違い」

うむ、と頷き煙を吐き出す。糸井が布袋から手製のノオトと万年筆を出して何やら書き出した。これはいつもの糸井の習慣だ。気になる事があるとどんな些細な事でも書きつけている。何の為かと問うたら、単なる趣味だと答えていた。

「まぁ父が妾に産ませた子なんだが、これがまた小さい頃からお転婆(てんば)で尚且つ頭が切れてな」

「ほう」

そんな感じだったな、と思い出していた。くりくりとした瞳に強い意志の力を感じた。ああいう眼をした女性は最近頓(とみ)に増えているように思う。

「家では持て余されていたらしく、つい最近まで京都の知人宅で花嫁修行方々暮らしていたのだ」

「成程」

腹違いで尚且つ京都に住んでいたというのなら、私が知らなくても当然か。そう言うと桑島も頷いた。

「てっきり話したつもりでいたのだが、そういえば話題になる事も無かったか」

「何故、東京に出て来たの？」

糸井が訊いた。

「女学校に入る為だとか。ほら、巣鴨村に移った学校があるじゃないか」

「あぁ」

糸井に続いて、私も頷いた。明治女学校か。

「麴町にあった学校だな。火事で焼けたという」

詳しくは知らないが、中々に評判の学校だった。火事に見舞われた所為もあり存続が危ぶまれたという話も聞いたような気がするが。

「今、幾つなのだ」

「十七になったはずだ」

女学校に通い出すのには少々遅いような気もするが、許容範囲内なのか。疎い私には判らなかった。

「それで」

糸井が訊いた。

「何故、夏目先生と一緒に大学までやって来たの？」

桑島が顰め面をする。すると途端にこの男には世の中の何もかもを恨むような雰囲気が漂う。そういう意味では忙しい男だ。妻になる人は余程の強心臓でなければ務まるまい。

早い話が、京子ちゃんはほとんど家出同然で飛び出して来たらしい。向こうで縁談の話が持ち上がったのだが、結婚なんて嫌だと。もっと自分にしか出来ない事をしたい。そのためには都会に出てもっと勉強をしたいと。

「素晴らしい志向じゃないか」

私は基本的には、そういう現代の風潮に賛成だ。新時代だと浮かれ騒ぐのはどうかとは思うが、男に優秀な人材が居るのなら女性にだって居るはずだ。男と女の感性はまるで違う。その違いをどんどん社会のために発揮できる女性が居れば、西欧の波に飲まれ溺れる事なく、この国は良くなって行くのではないかとも考える。

女は命を産む存在だ。その存在こそが国の源ではないかとも思う。桑島にそう話しても一笑に付されるのだが。

「夏目先生もいい迷惑だ」

お父さんと親交がある夏目先生を京子さんが頼ったのは、洋行帰りの夏目先生ならば自分の気持ちを判ってくれるのではないのかと考えたそうだ。そうして突然現れた京子さんを、夏目先生は温かく迎え入れてくれたという。

ノオトから顔を上げて糸井がまた桑島に問うた。

「どうして京子ちゃんは、最初に君を頼らなかったんだい？」

腹違いとはいえ、血の繋がった兄が東京に居るのなら、最初に頼るべきはそこじゃないかと。其れは確かにそうだ。しかも曲がりなりにも帝国大学の学生の身分である兄に。

「其れは」

桑島は呻くように言い、また盃をぐいっと空けた。

「そういう女だからな。妾腹である自分の立場を嘆くより、俺の父親を恨んだ訳だ。父親がそうならその息子であり兄である俺も似たり寄ったりな男だったら頼ってもにべもなく追い返されるだけだろうから、と」

糸井と二人で納得してしまった。

「搦め手で、母校の先輩でもある夏目先生の方から話を通してもらったという事か」

「しかも、逃げられないように会見の場を大学にしたって訳だね」

糸井が、少し笑った。

「成程、頭の回る子だね」

「面白そうに言うな」

桑島が唇を歪めた。

「すると、一緒に暮らさなければならなくなったというのは、あれか、君が自分で言い出したのだろう」

そうだ、と肩を落とし頷く。

「夏目先生にこれ以上迷惑を掛けては面子に拘わるというわけだ」

「其れも恐らく全て京子ちゃんの計算通りという訳だな」

　申し訳ないが、糸井と二人でにやにやと笑ってしまった。桑島は何とでも言え、という風に右手をひらひらと振った。

「笑ってばかりいられないぞ圖中」

　桑島が顔を上げて言う。

「何がだ」

　今度は、にやりと笑った。

「下宿の俺の部屋の狭さは知っているな。四畳半一つだ。さらに他の下宿人は全てむくつけき男ばかりだ。腹違いとは言え、たった一人の妹をそういう所で一緒に生活させるわけにはいかない」

　そこで、気がついた。

「まさか」

「その、まさかだ」

　桑島が、ふぅ、と煙を吐き出した。

「此処なら部屋数に余裕があり、尚且つ同じ年頃の静お嬢さんも居る」

「此処に下宿すると言うのか」

「前に奥さんに言われたぞ。そんなに足繁く通って来るのなら、俺も此処に下宿してはどうかと」

確かにそんな話をした覚えがある。そして部屋はまだ余っている。そして下宿人を決めるのは私ではなく、奥さんだ。

桑島が煙草を灰皿で揉み消して、私の顔を見た。

「俺の部屋はもう引き払う手筈をして来た。ここは一つ、妹共々よろしく頼む」

＊

奥さんはあぁ見えて闊達な人だ。桑島がこれこれこういう事情で妹が田舎から出て来たので下宿が手狭になり此処に置いてほしいと頼むと、笑いながらあっさりと承諾した。

「よぉござんす。こちらとしても空いている部屋が埋まるのは歓迎ですからね」

静さんと同じ年頃の京子ちゃんの存在もまた嬉しいと続けた。

「そういう事なら、妹さんは静の隣りの部屋がいいでしょう」

桑島は当初私の住む八畳間に机を並べて陣取り、続きの間になっている隣りの四畳を京子ちゃんの部屋に充てようと考えていたらしいが、それは確かに不便なのだ。

玄関から上がり八畳の私の部屋に進むのには、その続きの四畳を必ず横切って通らなければならない。いくら親友の妹とはいえ、女性が日々を送る部屋を毎日横切るのは、兄である桑島は良しとしても私の方が困る。

其れで結局京子ちゃんは静さんの隣りの間に、桑島は私と同部屋で暮らす事になってしまった。

しかし考えれば、桑島は何も私の部屋に引っ越して来なくても良かったのではないか。京子ちゃんだけここに下宿させれば話は済んだようなものなのだ。

そう言うと桑島は眼を丸くした。

「気づかなかった」

一緒に居た糸井と私は腹を抱えて笑ったものだ。桑島は、そういう男なのだ。


次の日曜日。私は糸井と連れ立って桑島の下宿先に向かい、引っ越し荷物を荷車に載せて運び出した。なに荷物といっても運ぶのに厄介なのは多くの本ぐらいで、あとは文机に行李が二つきりだ。

風が冷たく、外套に襟巻を巻き手袋をした桑島が荷車を引き、私と糸井は横に回って押した。糸井も寒がりな男で、今日も身体の太さが倍になっているのではないかと思うぐらい着込んでいる。着膨れという度を越えて、誰もが失笑するような格好だ。

「京子ちゃんの方はどうするのだい」

桑島に訊くと、うむ、と頷いた。

「夏目先生の方で手配をしてくれて、もう着いている頃合いだろう」

随分な人物で身一つで飛び出してきた京子ちゃんの為にあれこれと用意してくれたという。

「いつかきちんとお礼をせにゃならん」

桑島はそう言って顔を顰めた。

「其れを京子ちゃんに責めるんじゃないよ」

糸井が言うと、桑島は糸井の方を見て眉を顰め少しく何か考えた後に、にやりと笑った。

「有難いな」

「何が？」

糸井に向かって頷いた後、桑島は前を向き少しだけひく速度を速めた。

「お前に言われなかったら、京子に説教するつもりだった。自分の我儘で夏目先生に迷惑を掛けてそれでお前は満足なのか、と」

うん、と、自分に頷くのが判った。

「しかし言われてみれば、確かにそれで京子を責めるのは酷だ。先生とて嫌なら追い返す事も出来たのに、しなかったのは京子の言い分を認めてくれたからこそだろう。それなのに俺が責めれば、京子は用意してもらった色んなものを見る度に自分の行動を責める事になる。其れは、夏目先生の好意を無にするものだ」

「その通りだな」

「腹違いとはいえ、妹だ。その妹とこうして一緒に暮らせる機会に恵まれたというのに、俺はせっかくの兄妹の暮らしにのっけから罅割れを入れる所だった」

そう言って急に立ち止まる。何かと思ったら振り返り、糸井に向かって頭を下げた。

「助かった。友人というのは貴重だな」

桑島は笑って言う。糸井は恥ずかしそうに手をひらひらと振った。顔を隠すように横を向いた。私も桑島も知っている。糸井は、男にしては恥ずかしい程に涙脆いのだ。悲しい時は勿論だが笑っても怒っても、兎に角感情が昂ぶると直ぐに涙が出てくる。其れを自分でも恥ずかしいと思っている。

「ほら、行くよ。京子ちゃんが待ってる」

そう言って糸井は一人ですたすたと歩き出してしまった。その後を、私と桑島は笑い合って、荷車を押し出した。

私と桑島は、外見はまるで似ても似つかないが、実は似た者同士だ。直ぐに憂鬱の虫に取り憑かれ厭世を口にする。過去の経験から煩わしい人間関係が厭で家族さえ遠ざけた。言ってみれば生来の人嫌いな性質なのだろう。

そこに、そんな私達の間に糸井は風のようにやって来て、淀んだ空気を吹き飛ばしてくれる。

糸井の背中を見ながら足を速めた時に。

ゆうらり、と、揺れた。

私がではない。

糸井の姿が陽炎（かげろう）のように揺らめいて一瞬消えたような気がした。

「どうした」

気づかぬ内に足を止めてしまったらしい私を、桑島が振り返って呼んだ。

「いや、何でもない」

時折り襲うこの感覚は何なのか。私は自分でも知らない内に、何か新たな鬱（ふさ）ぎの虫にでも取り憑かれてしまったのだろうか。

下宿に辿り着いて荷車から荷物をそれぞれ抱え、玄関を開けると、奥から走ってくる足音が重なった。

「お帰りなさい」

花のような笑顔が二つ、私達を迎えてくれた。白い頭巾（ずきん）を被（かぶ）り掃除の身支度を整えて待っていたらしい、静さんと京子ちゃんだ。思わず桑島と顔を見合わせて笑ってしまったのだが、もう仲良くなったらしい風情が誰にでも見て取れた。

「運ぶのはいいですよ。僕たちがやりますから」

そうは言ったものの、とんでもないと言わんばかりに京子ちゃんは本を束ねたものを両手に抱えた。

「何でも言いつけて下さい。お兄さん」

京子ちゃんが桑島に向かって言ったその言葉が、すとん、と腑に落ちた。

あぁ、この子はきっとその言葉をずっと言いたかったのだなと。

お兄さん、と、呼びたいと長年思い続けていたのに違いない。

そう思ってしまった。

*

何もそんな風に並べなくても、と、糸井は笑ったが、この方がいいと桑島が言い張った。私の文机は窓際の壁に面して置いてあった。その窓を挟んで真横にも壁があるので最初はそこが良かろうと、桑島の文机を置いたのだが、二人で座ってみると、何か可笑(おか)しかった。横を見ると、いや見なくても視界の端にお互いの姿を捉えてしまうのだ。

教室ではそんな風には感じないのに、いざ自分の部屋でそういう状況になってしまうと相手が何をしているのか気になって仕方ないと桑島が言い、対角線の隅に桑島の文机は移動された。

「まあ、これなら」

桑島が納得するなら私に異論はない。ようやく荷物が片付き、やれやれと三人で部屋の真ん中に置かれた長火鉢を囲み、盆の上の茶碗からお茶を飲んだ。それぞれに袂から煙草を取り出し、火箸で炭を摑み火を点ける。

「よく考えたら本当に近いのだな、糸井の下宿も」

桑島が西側の窓の方を見遣った。ここから糸井の住む家の屋根が見える。

「そうだね、ぐるりと回らなきゃならないけど、走れば三分も掛からない」

「ご近所の顰蹙を買うのを承知で庭を駆け抜ければ一分掛からないな」

立ち上がって窓から外を眺めた桑島が、そうだ、と、突然手を打った。

「糸井、お前は英文科でもないのに妙に英語が得意だったな」

「いや、得意という程でもないけど」

「得意だろう。この間学校でファーレン先生と普通に会話していたじゃないか」

糸井は、いやあれは、と苦笑する。

「単なる日常会話だよ。日常会話っていうのは要するに英語圏の人間ならば六歳の子供でも喋れる。そんなものだ」

「俺は喋れないぞ」

胸を張って桑島が言うが、それは別に威張る事ではない。しかし確かに糸井は英語に堪能だ。米国や英国の書物を普通にすらすらと読んでいた姿も私は目撃している。

「其れがどうかしたのか」

訊くと、うむ、と頷き、また長火鉢の脇に座り手をかざした。

「先般夏目先生に会った時にな、友人に英語が堪能な者が居たら紹介して欲しいと言われていたんだ」

「何故だ」

「何故かは判らん。別に火急ではないがもし居たのならとな。まぁ雑談程度にそう頼まれたんだ。先生の家はすぐそこだ。お前を夏目先生に紹介しようかと思ってな」

糸井が僅かに眉を顰めた。

「そんな、英国帰りの先生に引き合わせられる程堪能でもないよ」

「謙遜は美徳だが、お前の英語は大したものだと思うがな」

「糸井は、その英語を誰に習ったんだい」

思い出せばかなり流暢だった。とてもたどたどしい日常会話なんていうものではなく、少なくとも私にはまったく聞き取れない程の達者な発音だった。

「いや、ほら」

糸井が苦笑いする。

「実家が神戸の呉服屋だからね。外国人の人も多くて、家によく出入りしていたんだ」

そうか、異国の人が日本の着物を好んで買いに来るのか。それはよく聞く話だ。

「まぁいいじゃないか」

桑島が立ち上がった。

「引っ越し祝いの晩飯まではまだちょいと間がある。母校の先輩に挨拶すると考えれば大した事じゃない。兎に角行ってこようじゃないか」

1

フライパンもないので鉄鍋に油をしいて、卵を落とした。

僕は両面焼き、いわゆるターンオーバーが好きなんだけど、榛(はしばみ)さんはそれを気持ち悪いって言う。普通にサニーサイドアップでしかも少し黄身が半熟気味がいいって。

その二つを同時に作るのは難しいので、別々で作る。その間、榛さんはどこからか仕入れてきたコーヒー豆をこつこつと砕いてすり潰している。なかなか根気がいる作業だ。しかもドリップもないからこの後お鍋に入れて煮るしかない。

フライパンもないしコーヒーメーカーもないしオーブンもないし炊飯器もない。そもそも電気はあるけれどガスがこの家には敷かれていない。なんでもガスかまどが販売されるのはもう何年か後だそうだ。普段あったものが何もない暮らし、というのは不便だけど、まぁあきらめて工夫することを考えていけば、なかなか楽しくなるもんだ。

「はい、焼けましたー」

郷に入っては郷に従え。土間のかまどの火で料理をするのも慣れてしまえば、これはこれでキャンプみたいで楽しいものだと思う。もっとも、いつかは戻れるっていうのがあるから楽しくもなるんだろうけど。

　朱塗りのお膳に炊いたご飯と目玉焼きと焼き茄子と秋刀魚と漬け物と味噌汁を並べた。本日の晩ご飯。そのまま茶の間に持っていって長火鉢の前に並べて座る。

「まだこのお膳を見ると旅館にいるような気分になりますね」

「箱膳というのだよ」

　確かに、足じゃなくて箱になっている。お盆が蓋にもなってるってわけだ。たぶんそこに自分用の食器をしまっておくんだろう。

「いただきます」

　はい、いただきます、と榛さんは手を合わせてから食べ出す。そういう仕草を見ると、それなりに年配の人なんだよなぁと思い出すんだ。

「テーブルとか椅子をどっかから持ってくるか、作ってもいいですか」

「作れるのかい」

「ＤＩＹは得意です」

　君は本当に使える人間だねぇ、と榛さんは微笑む。

「松長さんも、お誂え向きの新人を入れてくれたもんだ」

「こんな仕事をするとは思ってみなかったですけどね」

僕が就職したのは図書館だ。故郷の馬場横町市立図書館。歴史と伝統のあるその図書館に念願かなって司書として採用されたのに。三度のメシより好きな本に囲まれて本にまみれて仕事ができると思っていたのに。

今、僕がいるのは、東京の片隅だ。

しかも、新時代の気概と混迷溢れる明治時代の日本だ。

明治の東京で帝国大学の学生になって、副館長で上司であるはずの榛さんと何故か甥と叔母の関係になって、一軒家で暮らしているんだ。

それは何のゲームもしくはラノベの設定だと問い詰めたくなる。

榛さんは明るい女性だし、天才とまで呼ばれたほどの才女だから、一緒に暮らしていても刺激になるし楽しい。明治という時代をこの眼で見て、この肌で感じ取れるというのもかなりエキサイティングな経験だ。なので、不便さを我慢すれば日々の暮らしにそれほどの不満はない。ないと言えばないのだけど、自分のやっていることの不思議さにはまだ慣れなくてとまどってばかりいる。

ここで僕がやっている仕事は、〈話虫干(はなしむしぼし)〉。

馬場横町市立図書館に勤務する者の大切な仕事。

貴重な蔵書を守るための、虫干し。

＊

館長の松長さんにそう言われて頭の中で疑問符がくるんと回転した後に思い当たった。

「古書を中庭に持ち出して、風を当てるんですね」

そんな話をどこかで聞いたことがある。倉庫にしまわれた古書はそうやって虫干しをすると。

「いや、それじゃないんだ」

「と、言いますと」

虫干しに他の意味があったっけ。長い白髪にさらに長く白い顎髭(あごひげ)。枯れ木のように痩せた身体にまるで山羊のような顔。これで杖でも持たせたら仙人かっ！　ってツッコミたくなるような松長館長は、ふむ、というふうに頷いて僕を見た。

「言葉ではうまく説明できないんでね。榛(はしばみ)さんが倉庫にいるから一緒にやってほしいんだ」

「虫干しを」

「虫干し？」

「そう」

「そうそう。やり方は榛さんが全部教えてくれるから」

わかりました、って頷いて素直に地下倉庫に向かおうとした。新人は素直がいちばん。とりあえず半年間は上司の言うことはなんでもはいはいと聞きなさいってばあちゃんも言っていた。

「あ、そうそう糸井くん」

足を止めて振り返ったら、松長さんは事務室の小さな冷蔵庫からスポーツドリンクのペットボトルを二本取り出して、僕に渡した。

「これは?」

「必要になるから」

じゃあよろしく、と、これも枯れ木の枝のような腕をひょいと上げて、松長さんはニヤリと笑った。なんだその意味あり気そして深げな笑いは、と思ったけど、もちろん、ハイ! と頷いておいた。新人は素直がいちばん。余計な質問と自分の意見を言うのは仕事を全部理解してから。

馬場横町市はそもそも江戸時代に宿場町として栄えたところだ。その後は時代に取り残されてしまったけれど、水清い光来川や豊かな森林、風光明媚で自然豊かな中で人々の暮らしは静かに続けられてきた。かの時代から続く豪華な唐陣織や、馬場漉きと呼ばれ独特の風合いを持つ和紙の生産地としても有名だ。

今でも町には江戸時代からそのまま残された陣屋や商家の蔵なんかが数多く残されていて、時代劇のロケなんかに使われることもあるし、旧街道の見事な並木道なんかはきっと日本中の人が、侍が旅をする何かのドラマで見たことがあると思う。

明治の後期に建てられたっていう〈馬場横町市立図書館〉が、和綴じ本やその他の古書蔵書率の高さを誇るのも、そういう歴史があるかららしい。それこそ唐陣織と馬場漉きの和紙で造本された数々の古書は、マジで美しいと思う。よくぞ今までこんな状態で残ってきたものだって心底思うんだ。

漆喰壁がひんやりとした空気を作り出している地下への階段をとんとんと降りて、重いオーク材の扉を力を入れて開ける。別に特別な空調をしているわけでもないのに、ここは本当に真夏でも涼しくて快適だ。先人の知恵が詰まった建築なんだろうと思う。

「榛さん？」

ずらりと並んだ木製書架。天井近くに並ぶ小さな明かり取りの窓から差し込む光が、板張りの床にひし形の模様を作っている。しんとした倉庫の中に響く音はほとんどない。うるさいぐらいの蟬の声もはるか彼方で鳴っている感じだ。

「ここだよ馨ちゃん」

いちばん奥の方で声がした。音を立てないようにささささっと小走りで向かうと、副館長の榛さんは部屋の角の作業スペースに座って、本を読んでいた。

骨董品かと思うぐらい古くて大きい黒いテーブルが置いてあって、ここで調べものもできるし、事務作業もする。

榛さんは顔を上げて、にこっと笑った。

「榛さん」

「なんだい」

「〈馨ちゃん〉は止めてくださいと何度もお願いしてますよね」

確かに僕は糸井馨という名前ですが。

「松長さんに、私と一緒に〈虫干し〉をしろと言われたんだろう？」

いつものようにスルーですかそうですね。

「そうです。それで、これを持っていけって」

ペットボトルを二本とも差し出したら、首を軽く振った。

「一本は君のだよ」

「どうするんですか？」

「そりゃあ、飲み水なんだから飲むんだよ」

わけがわからない。虫干しって喉（のど）が渇く作業なのか？

「虫干しに出る前に、それを飲んでおくんだ。脱水症状になったら困るからね」

ますますわけがわからない。サウナみたいに暑いところで作業でもするのか。そもそもそんな場所この図書館にはないけど。いや確かに外は夏の陽差しが暑いけど、虫干しはむしろ日陰でやるものだろう。

「どこでやるんでしょう」

「ここで」

棒さんは可笑しそうに、ふふ、と笑う。

「まぁくどくど説明するより、これを見てごらん」

さっきまで読んでいたらしい置いてあった本は、かなり古そうな本だ。

「あ、『こゝろ』ですね」

明治近代文学の傑作、文豪夏目漱石の代表作のひとつだ。しかもこれって岩波書店から出た当時の初版本じゃないか。

「貴重品ですよね」

慌ててポケットにいつも入れてある白手袋を取り出した。

「内容は知ってるかい？」

「何度も読みました」

それじゃあ話が早いと言って、棒さんはゆっくりと本のページを捲って三分の二を過ぎた辺りを開いた。

「この辺から読んでごらん」

新人は素直に言われた通りに読んだ。読み始めてすぐに違和感があった。あれ？　と思って読み進めて、え？　と思ってさらに読み進めて、何だこれ?!　って顔を上げた。

「榛さん、これは、いわゆる〈偽書〉かなんかですか？」

違うんだ。物語の内容が全然違う。

上・中・下と分かれた『こゝろ』の〈下　先生と遺書〉のところだ。〈先生〉である〈私〉が学生時代のことを遺書に綴っている部分だけど、何度も読んだ僕が知らない登場人物がいるし、〈私〉の行動だってまるでおかしい。なんで〈私〉がビール飲んで酔っぱらって警官相手に大立ち回りして暴れているんだ？　『こゝろ』にそんなエピソードはないぞ？

「本物だよ。正真正銘の」

榛さんはしらっとした顔で言う。

「本物って、でも全然話が違いますよ？」

さらに榛さんは僕の顔を見てにっこり微笑んだ。

「それが、〈話虫〉の仕業なのさ」

「はなしむし？」

「あいつらは物語の中に入り込んで、その物語の内容を勝手に変えちまうんだ」

「え？」

頭の中がクエスチョンマークで埋め尽くされていく。

「〈本物〉が〈偽物〉になってしまっては大変な損失になってしまうからね。その〈話虫〉をこれから〈虫干し〉に行くんだよ。そうして物語を元に戻すんだ」

「話虫を、虫干し」

何なんだそれは。

「私達はそのまま〈話虫干〉と呼んでいるね」

〈話虫干〉。

「えーと」

今、榛さんの話した内容は、理解した。

夏目漱石の『こゝろ』の初版の内容が〈話虫〉なるものによって勝手に変えられていっている。それを阻止して物語の内容を元に戻すためにその〈話虫〉を〈虫干し〉する。うん、仕事の手順としては何もおかしなことは言ってない。正しいと思う。手順としてはね。

「これをご覧」

榛さんは、『こゝろ』の隣りに置いてあった同じような判型の本を開いた。こちらは、真っ白だ。ただのノートのように。でも、そこに僕と榛さんの名前が書いてある。〈糸井馨〉と〈榛美智子〉と。

って、その下に書いてある〈甥と叔母〉って、なんだ。

「これは？」

「副読本」

「はい？」

「私達が向こうで何をやっているのかが、この本にどんどん勝手に書かれていくんだ。まぁわかりやすく言えば私達二人のトレーサーだね。こっちで松長館長がときどきチェックできるようになっているんだ」

　理解はできる。

　これでも若者だ。ゲームやアニメやライトノベルや数々のサブカルには精通しています。どんな突拍子もない設定だろうと一度聞けばなるほどそういう設定なのね、と理解できる。

　でも、ここは、現実世界。

「言ってることは理解できても、何をバカなことをぬかしているんだと思うだろう？」

　榛さんはにこりと微笑む。

「すみませんがその通りです」

「なので、行ってみよう」

「どこへです」

「この、『こゝろ』の中へさ。百聞は一見に如かずだ」

＊

「それで、いつ戻れるんでしょうか」

いきなり連れて来られて大学生として生活させられているんだ。何を一体どうすればどうなるのかという仕事の手順はほとんど説明されていない。榛さんはナスの浅漬けを口に放り込んでから頷いた。

「言っただろう。帰りたいんです！　と叫べば、トレーサーを読んで気づいた館長が起こしてくれるよ」

「二十四になった社会人の男に職場放棄して帰りたいって叫べって言うんですか恥ずかしい」

言うと、榛さんは意地悪そうな顔をして僕を見た。

「まぁ恥ずかしいだろうね。心配しなくても〈虫干し〉が済んだらすぐに無事に帰れるよ」

「それは、どうやったらわかるんですか。〈話虫〉が干されたってのは」

榛さんはにこっと微笑む。着物姿は完璧なまでに板についている。

「それは、言わずともわかるだろう」

「〈話虫〉が死んだときですか」

そうだよ、と頷いた。

「でも、誰が〈話虫〉なのか、僕たちにはわからないんですよね」

「そう。こういうのを五里霧虫というんだ」

「それは」

五里霧中の中を虫に変えたダジャレですか、と訊いたらそうだと微笑んだ。榛さんの欠点はギャグがまるでおもしろくないところだと思う。

「ごちそうさまでした」

味噌汁を飲み干して、かたん、とお椀を置いて榛さんは言った。

「いずれにしても、私達はこの物語を一から十まで知っているのだから、まずはそれにそぐわないものや出来事を丹念に調べ上げていくしかないんだよ」

それしか方法がないことは聞かされた。まるで探偵まがいのこともして、どんなに親しくなった人間にも気を許さない生活というのが、気が重いと言えばそうだけど、どうしようもない。

〈話虫〉は、物語を変える。

それは充分にわかった。いまだにその存在を認識できないけど、変えるというのだけはものすごくわかった。だって、もう僕がここに来る前に読んだ〈変えられた『こゝろ』〉からも、変化してしまっている。あそこには〈Kの妹〉なんか出て来てなかった。

　全てを理解することなど不可能だし、理解しようとすること自体がこの世界では致命傷になる。榛さんはそう説明してくれた。

　ここは、物語の中だ。しかも現在進行形の物語で、僕らも登場人物としてふるまっている。登場人物が物語の行く先を理解してしまったら、その時点で登場人物ではなくなってしまうんだ。つまり、ここから放り出されてしまう。だから、〈話虫〉が望むことなんかわからないまま突き進んでいくしかない。僕たちが知っている結末へ向かって修正しながら。

「それで？　新たな登場人物だって？」

「そうなんですよ」

　桑島の妹が突然やってきて、その妹を連れてきたのがなんと夏目漱石だったと言うと榛さんは笑った。

「夏目漱石が？」

　そりゃあ予想外だったねぇと嬉しそうに言う。

「私も会いたかったね。若き頃の文豪に」

　いや、確かに会えて嬉しかったけど。

「作者が、あの夏目漱石が自分の物語の中にいるんですよ？　いつから『こゝろ』はメタ展開になったんですか」

もちろん全部〈話虫〉の仕業だとはわかっているけれど、訊かずにはいられなかった。写真でしか見たことない夏目漱石が、文豪が、生きて僕の眼の前にいて、会話をしてしまったのだから。

榛さんは、火箸をついて、うん、と頷いた。

「今まで作者が登場してきた例はないね。特別な何かがここで起こるのかもしれない」

「特別ってなんですか」

それはわからないよ、と微笑んだ。

「まぁ、年代的には矛盾はないんだろうね。英国留学から帰ってきたばかりなら、彼が『こゝろ』を完成させるのはまだまだ先だ。小説家夏目漱石はまだこの年代にはいない。洋行帰りの教師の夏目漱石はいてもね。だから、たとえば夏目漱石がこれから圖中(となか)くんや桑島くんに係わり、そうして後に漱石がそれをヒントにして『こゝろ』をしたためた、という設定での日々がこの先に進んでいくのかもしれないね。そんなことを考えた〈話虫〉がいるのかもしれない」

むぅ、と唸ってしまった。考えたら混乱しそうなのでやめた。

「桑島くんの妹というのは、まぁ予想の範囲内だけどね」

そうですか？　って訊いたら、もちろん、と榛さんは頷いた。

「だって、結局この物語は単なる恋バナだろう？」

「そうですかぁ？」

文豪夏目漱石の傑作『こゝろ』を、恋バナとブッた切られては困ると思ったけど。

「じゃあ君、まったく知らない人に『こゝろ』ってどんな話かを簡単に一言で説明して、と言われたらどう説明する？」

「ええっと、ですね。明治時代の書生の」

「書生の？」

「あー、恋と友情と人生の物語ですね」

ほら、と榛さんが笑う。無理矢理に人生をくっつけたけど、確かに『こゝろ』は恋の話だった。

「まぁ極論してしまえばだけどねぇ。世に出回る物語なんてものは男と女しか出てこないんだから、その底にあるものは〈恋〉でしょうよ」

「でもそれを言っちゃあ」

キリスト教圏の海外文学のネタは〈どんなんでも結局神と悪魔〉と言い切ってしまうのと同じだ。榛さんはよくそういう乱暴な意見を言うのだけど、それが憎めないのは人徳なんだろうと思う。

「〈先生〉は、誰と結婚するんだった?」

にこにこしながら榛さんが言った。

「〈お嬢さん〉の〈静さん〉とですけど?」

「その〈静さん〉の恋敵を登場させようと思ったら、〈親友の妹〉っていうのは、そりゃあもう強力なアイテムでしょうに」

確かにそうだ。これであの二人の間に〈静さん〉と〈京子ちゃん〉が揃って、どうしたって圖中くんに絡んでくるんだろう。しかも、〈静さん〉は楚々とした美人だし、〈京子ちゃん〉はけっこうカワイイんだ。

この時代でも美人の基準っていうのはそんなに変わっていないようには感じていた。僕が現代の女の子と比べても遜色ないぐらいカワイイなって思う女の子は、この時代の大学生たちも例外なくカワイイと感じている。

もし僕が圖中の立場だったら、そりゃあ悩むと思うよ。〈静さん〉と〈京子ちゃん〉どっちにしようかなって。

「榛さん」

「なんだい」

きゅっ、と音をさせて、榛さんは煙管(きせる)に煙草を詰めた。巻煙草は既に一般的になっているのに、この時代に来るとこれが楽しみで、と、にこにこしていた。長火鉢で真っ赤になっている炭に煙管の先を近づけて、すぱすぱと火を点け、ふぅー、と煙を吐き出して、ポン、と煙管を長火鉢の端に打ち付けて煙草葉を落とす。

「僕らは誰が〈話虫〉であるかを判断するために、主要人物の近くに常に居て観察していく。〈話虫〉を発見したら、〈干す〉という作業を僕らはしなきゃいけないんですよね」

「そうだね」

「〈虫を干す〉とは殺すことですよね。ということは」

僕らは、この世界で誰かを殺さなきゃならない。

「〈話虫〉は、実際の『こゝろ』に出てこなかった人の可能性が高いですよね。ってことは僕は、ひょっとしたらあの作者であるはずの夏目漱石を、あるいはカワイイ京子ちゃんを、この手で殺さなきゃならないってことですよね」

榛さんは、うん、と頷く。

「殺せるのかい？」

「殺せませんよ」

ここは物語の中。たとえてみれば、僕らにとってみればバーチャルリアリティ空間にいるようなものだ。そこで生活する彼らは仮想空間に作られたデータの人間のようなものだとはいっても、生きている、ように思える。だから。

「そんなことしたら、僕の人格が崩壊しちゃいますよ。それに、ここで殺人を犯したりしたら、警察に捕まって下手したら死刑ですよね。僕がここで死んだら向こうの世界で、あの倉庫で机に突っ伏して眠っているはずの僕はどうなるんですか？」

「そんなことにはならないよ」

また煙管に煙草葉を詰めて、火を点けた。ふぅ、と吹かす。

「君のたとえで言うなら、私達はプログラムのバグを修正するデバッグをしにやって来た人間ね。物語の登場人物に成りすましているとはいっても、神の側の人間だ。普通の人間が神様に手出しできるはずがない」

どんなに無茶をしても、私達は収まる所に収まるようになっていると榛さんは言う。煙管をひゅるんと回して部屋を見渡した。

「私達のために用意されたこの家は、言ってみればセーブポイントだ。ドラクエで言うならその襖(ふすま)の向こうに神父さんが待ってて『こんなよふけになにかお困りですか？』って訊いてくる。どこでどうなろうが、私と君はここに戻ってくる」

榛さんはこんなお年でもめっさゲームに詳しいんだ。

「それに、君は〈話虫を干す〉ことは〈殺す〉ことだと言ったけれど、その方法も確かにありだけど、他にも物語を元に戻す方法はあるよねぇ」

「たとえば？」

にこり、と笑った。

「京子ちゃんと圖中くんが恋仲になりそうだったら、君が京子ちゃんを奪っちゃえばいい。そうして傷心の圖中くんと静さんが結ばれれば、それで筋は元に戻るわけだ」

「京子ちゃんはどうするんですか、僕はいずれ現実世界に戻る人間ですよ？」

「そりゃあ」

最後にはフッちゃうしかないねって言う。

「可哀相じゃないですか。それ以前に僕が京子ちゃんを奪うって」

そんな男としての魅力が僕にあるはずもないのに。榛さんは、苦笑した。

「どんな手段を使ってでも、私達は〈話虫干〉をしなきゃならないんだよ。それは素晴らしい作品へ敬意を表するためだよ」

榛さんは微笑みながら、僕の湯飲みに鉄瓶からコーヒーを注ぎ足してくれた。長火鉢で温めているから少し煮詰まった匂いがした。

ちりちりという、長火鉢から静かに立ち昇る音。鉄瓶から薫るコーヒーの匂い。すきま風の差し込む日本家屋。暗い裸電球。畳のしっかりとした柔らかい感触。

この明治という時代の人たちはこういう環境の中で生活していた。でも全然違和感はない。物心ついたときからパソコンがあって携帯があってベッドに椅子の生活をしているけど、こういう環境に置かれても不安でもなんでもないのがおもしろい。やっぱり同じ日本で、何もかもが地続きなんだなぁと思っていた。

「榛さん」

ずっと、胸の中でもやもやと蠢いている感情。

「これも考えてはいけないことなんだと理解してますけど」

「言ってごらん」

「僕は、学友として桑島や圖中と親しくしてきました。突然現れた僕を、彼らは素直に仲の良い親友として受け入れてくれてます」

「そういうものだからね」

僕と榛さんを見たこの世界の人間は、それぞれがそれぞれの立場で僕らを旧知の、あるいは新しく知り合った者として受け入れてくれる。それは、〈話虫干〉をする人間に与えられた特殊なものだ。でもそんなものを抜きにして。

「あいつら、いい奴なんですよ」

本当なんだ。僕は、彼らと日々を過ごし、町を歩き回り、夜通し語り合い、冗談抜きで胸を何度も熱くした。思わず眼の奥から何かが溢れてきそうで上を向いた。

「真剣にこの国のことを考えて、自分に何ができるのかと悩んで、真摯に一生懸命自分の人生を生きようとしているんですよ」

正直に言う。彼らと比べたら、僕の大学時代の友人たちのほとんどが、そう言っては可哀相だけどクズみたいな考え方しかできていない。時代が違うと言われたらそれまでだけど。

「そうだね、それは私もそう思うよ」

こくり、と、榛さんは僕を見つめて頷いた。

「桑島は、〈K〉は、この物語の中では自殺してしまいます」

その理由を、夏目漱石は明らかにしていない。遺書は遺したもののそこにはっきりとした理由を書かなかった。それ故に〈私〉はその後の生涯を悩み続けるのだけど。

「僕は、既に桑島と友人です。いい奴なんですよ。あいつも僕に気を許してくれてます。それなのに、僕は、桑島が、〈K〉が死んでいくのを黙って見ていなきゃならない。もしくは、いやひょっとしたら」

そっちの方が、もっと苦しい。

「〈話虫〉が物語の邪魔をしてあいつが生き続ける方向へ向かったのなら、僕は」

桑島が自殺するように仕向けなきゃならない。だって、『こゝろ』はそういう物語なんだ。

『こゝろ』の物語を守るために僕はここに来ているんだ。

「ここはバーチャルリアリティ空間でゲームみたいなものだって僕は言いましたけど、もうここは僕にとっても現実なんですよ。そこで、友の死を自分が画策するなんてことは酷過ぎますよね」

自分で話し出しておいてなんだか泣きそうになってしまった。大体僕は涙脆くて自分が嫌になるんだ。榛さんは、ふぅ、と小さく息を吐いて、僕を微笑みながら見つめた。

「でも、馨ちゃん、君はそうするんだよ」

普段より優しい声でそう言った。

「涙を流しながら桑島くんの、〈K〉の自殺を見届けるんだ。間違いなく」

「どうしてそう思うんですか」

簡単だよ、と榛さんは続けた。

「君が、物語を愛することができる人間だからさ」

今度は僕が小さく息を吐いた。その通りなんだ。あの『こゝろ』が改変されるなんて許せない。いやパスティーシュやオマージュならいいけれど。

「あの物語はあの形で存在し続けなきゃならないんですよね」

「その通りだね」

また、きゅっ、と音をさせて、榛さんは煙管に煙草を詰めて火を点けた。ふぅ、と吐いた紫煙がゆっくりと流れていく。

「ひとつだけ、君を喜ばせてあげよう」

にこっ、と笑った。

「ここに来て、『こゝろ』の物語が生きていることを知っただろう?」

「生きている?」

「文章で書かれたことだけがすべてではない。我々が物語を楽しむときによく〈行間を読む〉というが、まさにここはその行間の向こう側の世界だ」

ひゅるん、と煙管を大きく回した。

「物語の中では描かれなかった〈私〉や〈静さん〉や〈K〉の生活が、地に足をつけて日々を暮らす明治の人々の日常がこうして存在していることを君は知った」

少し考えて、頷いた。その通りだ。物語の登場人物は、文章で描かれた部分以外でも存在している。それは彼らの〈日常〉だ。その世界がここだ。

「だとしたら、『こゝろ』がエンドマークを迎えた後でも、彼らの物語は存在しているのだろう。時が移って〈私〉が〈先生〉になり、主人公である〈私〉と出会い、〈先生〉の遺書を読みながら汽車に揺られているところで終わってはいても」

「〈私〉は汽車に揺られ、東京に着いて〈先生〉の元へ駆けつける」

「そうだ」

考えてみよう、と榛さんは続けた。

「ひょっとしたら〈奥さん〉になった〈静さん〉が〈先生〉の異変に気付いて、家に帰ってきたかもしれない。そこで〈先生〉は自殺を思い止まり、人生への未練に気づいて、また日々を歩んでいるかもしれない。そうやってあの物語はずっと続いていく。ひょっとしたらそれを契機に〈先生〉は〈K〉を死なせた重荷からようやく解き放たれて、少しは明るい心持ちで日々を生きていくかもしれない」

そう考えたら、と、榛さんは僕の手を優しく叩いた。

「ちょっとは気が晴れないかい」

「確かに」

そうかもしれない。榛さんは、ちょっと小首を傾げた。

「それで、漱石さんだけどね」

「はいはい」

「わかっていると思うけど、この世界の人間関係は、私や君の言葉に左右される」

たとえば、圖中に僕が「ほら、去年花火大会で転んだのを覚えてないか」と訊けば、そんなことはないはずなのに圖中が「あぁあったね」と言う。全部が全部ではないけど、〈僕が言ったことがそのまま過去の事実になる〉というルールらしきものがあるんだ。

「ちょっと年齢差があるけど、私と漱石さんの間に何かあったという事実を放り投げてもおもしろいかもね」

「何がおもしろいんですか」

年齢差がありすぎだろう。ここの夏目漱石はまだ三十代だ。

「今後の展開が楽になるかもしれないってことさ。作者が登場したということは重要人物には間違いないんだし、この先何があっても、夏目漱石が私に特別な感情を抱いていれば、扱いやすいだろう」

「まぁ、そうですかね」

こちらがコントロールできる関係を作っておくに越したことはないか。

「じゃあ、榛美智子が夏目漱石の初めての女とでもしますか」

「いいねぇ、光栄だ」

頭の中で夏目漱石と榛さんの睦事を想像してしまって、慌てて掻き消した。

「そんなんでいいんですか」

「もともと漱石は女性に過分な感情を抱くことが多かったようだからね。男と女だったらそれが一番適当だろう」

いやしかし。

「どこでそんな話をしたらいいんですか。夏目漱石と」

榛さんがまたころころと笑う。

「酒でも飲めればいいんだろうけど。夏目漱石と何か約束でもしなかったのかい」

「その日はちょうど外出するところで、挨拶をしただけで約束はしてませんけど」

帰り際に今度家に遊びにでも来なさいと言ってた。

「じゃあ、旨い酒でも持っていって、親交を深めるんだね」

ほんの少し、榛さんは眉間に皺を寄せて続けた。

「夏目漱石の登場が、どう物語を展開させるのか。当分は、文豪の動向を要チェックだね」

それはもう。バーチャルな世界とはいえあの夏目漱石と同じ日々を過ごせるのだから、密着マークはどんと来いだ。

二

桑島と京子ちゃんが妹尾の下宿にやって来て一月ばかり経った。

三人だった暮らしが五人になり、一気に家の中の空気が変わっていった。

京子ちゃんは、実に利発でしかもくるくると動き回る活発で賑やかな女性だったのだ。どうやら女学校への中途入学が向こうの事情で遅れているらしく、春になってからかもしれない。ならばと京子ちゃんは下宿の下働きをツネと一緒になってやり始めたのだ。毎日じっとしているのは性に合わないらしい。

奥さんが下宿代を貰うのが心苦しいと言うぐらい、京子ちゃんはよく働いていた。そして、静さんとはまるで十年来の友人のように仲良くなっていった。

其れはまぁ其れで結構な事だと桑島も悦に入っていた。軍人の娘らしくきちんと躾けられた静さんと仲良くなれば、お転婆な京子ちゃんも朱に交われば で良い影響を受けるだろうと。

私は、実際問題こうして女性に囲まれて毎日を過ごすのは人生で初めてだと言っていい。気の利かない男だと認識しているが、静さんも京子ちゃんも私を疎んじる事もなく、様子を見計らい声を掛けてくれる。唯一の親友だと言っていい桑島も同じ部屋で過ごす。糸井も、桑島が此処で暮らすようになって頻繁に顔を出すようになった。続き部屋の四畳半が空いているものだから、夜中まで話し込んでそのまま泊まっていく事もある。朝になって腹が減ると自分の下宿先の榛先生の家まで帰っていく。そうしてまたやって来て三人で大学に向かったりもする。静さんと京子ちゃんが、料理の研究と称して作った弁当を持たされたりもした。

ふと、そうか、と思う。

ひょっとしたら私は人生で一番の淡い日々を過ごしているのではないかと。

過ぎてしまえば何にも残らないような浅い思いが続く日々ではあるものの、後から思えばその浅さが、淡さが鮮明に残るような、言葉として掴み切れない色合いで描かれた一枚の西洋画のような日々。

其れは、そう気づけば、なんと心安らぐものかと思う。

十一月の声を聞いたその日に雪がちらついたというのに、それから一週間ほどは季節が判らなくなるほど暖かい日々が続いている。余りにも気温が高いものだから、下宿先の庭の花魁草(おいらんそう)が花を落としたのにまた咲いたと静さんが驚いていた。

寒がりの糸井などは厚羽織を二枚重ねして着膨れしていたのだが、これは助かると言いながら一枚脱いでいた。其のせいではないのだろうが、夏目先生のお宅にお邪魔しようじゃないか、と言い出したのは糸井だった。

「何といっても洋行帰りなんだ。せっかく面識を得たのだから英国の話を聞きたいじゃないか」

大体この友人は、常に受け身だ。私や桑島が誘うと断らずに付いては来るが、自分から何処かに行こうなどと言った事がない。私が珍しいなと思っていると桑島が口を開いた。

「いいんじゃないか。まだお前が英語に堪能だと紹介してなかったからな」

桑島が頷いて続けた。

「酒と饅頭（まんじゅう）を持って、ついでに京子も連れて行こう」

「酒は判るが、何故饅頭と京子ちゃんなのだ」

問うと、桑島は笑った。

「あの先生は甘党なんだ。酒は飲めない事はないが、からっきし弱いらしい。そのくせ甘いものだけ持っていくと女子供じゃあるまいし、と機嫌が悪くなるとか」

成程。どうやら噂通りの気難しい人ではあるらしい。頷くと糸井が言った。

「京子ちゃんはどうして連れて行くんだい？」

「そりゃあもちろん」

　桑島はにやりと笑う。

「女好きだからだ。いや変な意味ではないぞ。あの先生、若い女の子が居ると機嫌が良くて饒舌になるらしい」

　まぁそれは普通の男ならば当然の事だろう。私でさえ詰まらない冗談にころころと笑ってくれる静さんが居ると、嬉しくて余計な事まで話してしまう。それならば、静さんも連れて行こうと糸井は言った。

「饒舌になる人間は、聞き上手な人が居れば機嫌が良くなる。静さんは持ってこいじゃないか」

　確かに静さんは聞き上手だ。その名の通りに静かに笑みを湛え、じっと人の眼を見て話を聞き、余計な口を挟む事はない。その上で実に的確な受け答えをする。

「其れがいいな。京子一人だと生意気になるから、静さんと二人でちょうどいい」

　そういう話をして三日経って、私達は揃って夏目先生のお宅へお邪魔する事になった。ご近所の先生の家に顔を出すだけなのだから、やたらに粧(めか)し込まないようにと桑島に言われて、京子ちゃんも静さんもごく普段着の着物に流行りのショウルを掛けるだけにして、お酒とお饅頭だけでは如何(いか)にも男の方の使いみたいで嫌だと、煮物を作り重に詰めて持っていた。酒の肴にもちょうど良いかもしれない。

はたして夏目先生の家の門を潜り、夏目先生お出でですか！　と桑島が銅鑼声で呼ぶと、玄関ではなく庭の辺りから声がした。

「お出でよ」

門の脇から家の横側へと足を進め、小さな置き石を辿ってぐるりと回ると竹で四ツ目に組まれた垣根に囲まれた小さな中庭に出た。夏目先生はそこの縁側に座り、足の爪を切っていた。

風はない。この時間はその縁側に陽差しが斜め真正面から降り注ぎ、十一月とはいえ丁度良い心持ちだった。先生もそう思って縁側のガラス戸を二間ほど開き、日向ぼっこしながら爪切りしていたのだろう。

其れにしても客が来ると判っていながら爪切りとは、成程官費で留学するような先生は鷹揚なものだと感心した。

「よう、来たね」

夏目先生は口元で笑うと口髭がひょいと動く。

「此処から入りなさいよ。遠慮はいらない」

初めてのお家に縁側から入るのは初めてだわ、と京子ちゃんが微笑みながら小さな声で言った。静さんは慎ましやかにまるで其処にある箱に入り込むような小さな動きで草履を脱ぎ部屋の中へ入っていった。

　大きな本棚に囲まれた十畳ほどの部屋には、文机と火鉢と本以外は何も無かった。これだけの量の本を一部屋に集めては床が沈むのではないかと心配にもなったが、当然のように羨しかった。

　私の視線に気づいたのか、先生は微笑んだ。

「読みたい本があれば持っていって良いよ」

「よろしいのですか？」

　構わんよ、と頷いた。

「どうせ近くに居るのだろう。必要になれば返してくれと呼ぶから」

「ありがとうございます」

「まぁ屁の役にも立たん本ばかりだがね。寝るのには丁度いい」

　読んでいれば眠くなるし、眠くなったら枕にもなると笑った。

　私は夏目先生は始終不機嫌で人嫌いの気もある先生だと噂に聞いていたのだが、こんなにもよく笑う人なのかと驚いていた。それは桑島も一緒だったらしく、顔には出していないが様子で見て取れた。

「失礼します」

　襖の向こうから子供の声が響いた。すっ、と襖が開くとそこに利発そうな男の子が盆に茶碗を乗せて立っている。

「あぁ済まん。ありがとう」

さて、先生の息子さんなのかと思っていた。其の子はお盆を先生に預けると、ぺこんと私達に一礼してそのまま部屋を出ていった。何処かで見たような気がしたのだが、思い出せなかった。

「先生、今の子は」

桑島が訊くと、先生はうむと頷く。

「遠縁の子でね。名を一という。しばらく預かっているのさ」

不調法だがと言いながら長火鉢の鉄瓶を持ち上げ、用意してあったらしい大きな急須にぞんざいに湯を注いだ。遠縁の子は出て来たのに、奥様も下女も出て来ない。先生には家族が居ないのか。その辺は訊いていいものかどうか迷ったので其のままにしておいた。何かあれば桑島や先生が言うだろう。

糸井は、先刻からずっときょろきょろしていた。京子ちゃんや静さんを紹介し、皆が配られた茶を一口飲んだところで夏目先生は言った。

「榛（はしばみ）先生の生徒さんか」

静さんを見て言う。

「はい」

そういえば、先日会ったときにも榛先生を知っているような口ぶりではあった。私が訊こうとする前に、糸井が口を開いた。

「叔母が、先生によろしくと言っておりました」

その後に、小声で何か流暢な英語で呟くように付け加えた。私はもちろん桑島も京子ちゃんも静さんも眼をほんの少し大きくした。糸井は今何と言ったのだ。英語であるのは理解できたが、内容はまるで判らなかった。時がどうしたこうしたと言ったような気がしたが。

先生は唇をほんの少し歪め、微かな苦笑いを示した。

「榛さんがそう伝えろと言ったのかね」

「そうです。失礼しました」

悪びれる様子はなく、糸井は微笑みながら頭を軽く下げた。先生はやれやれといった風情でぼさぼさの頭を二、三度掻く。そうして私達に向かって小さく、うむ、と頷いた。

「合縁奇縁というやつかね」

何が縁なのだ。

「私と、糸井くんだったたか。彼の叔母上の榛美智子さんとは古い知人でね」

思わず糸井を見た。

「そうなんだ」

小さく頷き笑う。

「僕もこの間初めて知ったんだ」

「どういう知人、と訊くのは野暮ですかね」

桑島が言う。野暮は野暮だねぇと先生は笑った。

「まぁ若い頃にお世話になったと言っておこう。もう何年も前の話さね」

あえて想像するのは止めておいた。榛先生が一体幾つなのかは知らないが、夏目先生よりはかなり年上であることは確かだ。野暮な話だと言うのなら、酒も入っておらず、若い女性のいる所でさらに詳しく訊きたがっては拙い話だろう。

饅頭を旨いと言って先生は頰張り、私達の求めに応じて英国での話を面白可笑しく語ってくれた。神経を病んで帰って来たという事だが、話を聞く限りでは、多少誇張はあるにしても有意義な留学ではあったらしい。

「まぁ兎に角英国人というものは頭の固い癖に文化文明の進化には敏感でね。そこに乖離があるものだから余計に気難しくなっていく。眉間に皺を寄せっ放しなもんだから、風呂に入って顔の皮膚が緩んでもここんところに川の字がある。あたしゃあ付き合いきれませんよってなもんでね」

落語のような口調で静さんや京子ちゃんを笑わせる先生の話は確かに面白かった。これならさぞや講義の方も面白かろうと思えるのだが、桑島の話ではそれはそれは堅苦しいもので、仕事と実生活では相当に開きがあるらしい。

一頻(ひとしき)り話が弾み、落ち着いたところで京子ちゃんと静さんは腰を上げた。家の中の用事もあるし我々のように何時間も尻を落ち着けられる訳ではない。

ほんの何分かの距離ではあるが、桑島が送っていくために席を立った。

若い女性が去った場の、男だけになった空気は、どこか白けたようなそれでいて安心するような不思議なものが流れる。先生も崩していた足をさらに投げ出し、机に肘付いていた角度が大きくなった。

「ところで」

夏目先生は煙草を取り出し、火を点けた。煙が眼に染みたらしく、片眼を閉じてしばしばと動かし顔を顰める。

「糸井くんは英語に堪能なようだね」

「其れ程でもありませんが」

実家は神戸の呉服屋で、外国人の客も多いそうですよと私が言うと、先生は成程と頷いた。それからしばし顔を顰めながら空を眺めて黙想する。いかにも真剣に何かを考えているという風情に、私と糸井は顔を見合わせて先生が思考から戻ってくるのを待った。

「圖中くんは、柔道の達人でもある、と」

「いえ、そんな」

叔父が道場を開いていて、小さい頃から教え込まれたというだけの話だ。

「力だけなら、桑島に負けます」

「そうだな、あの桑島くんの身体には何か破壊的な力の存在を感じるな」

其れは文学的に言いすぎだと思うが、確かにそうだ。胸板の厚さなどは糸井の倍はあるだろう。

「そして三人とも帝国大学の優秀な学生でもある、か」

何なのか。先生はしきりに口髭を摘んで考えている。

「圖中くん、糸井くん」

「はい」

「君たちは、口が固いかね。いや、そういう風に見えるし、糸井くんはあの榛さんの甥御さんだ。信じるに足ると見るがどうかね」

どうかね、といきなり言われて戸惑ったが。口が軽いとは自分では思ってはいない。そう言うと先生も頷いた。

「いや、初めて会った時から、私にしては珍しく何かピンと来るものがあってね。気にはなっていたのだ」

何を言いたいのかさっぱり判らないが。先生は、ずい、と文机に身を乗り出した。

「一つ、頼まれてくれないかね」

「僕たちに出来る事でしたら」

「外国人のご婦人の相手をして欲しいのだが」

「外国人ですか」

　そう、と、頷く。

「そうしてだね、探偵の真似事もお願いしたい」

　確かに夏目先生はそう言った。聞き慣れない言葉に思わず訊き直してしまった。

「探偵ですか」

「そう、探偵。さすがに目明かしや密偵ではないだろうな。英語で言うのなら detective で良いのかね」

　糸井が頷いていたが、私には判らなかった。そんな顔をしたのだろう。夏目先生は私の顔を見てにいっと口元を歪めた。

「圖中くんは、エドガー・アラン・ポーとかは知らないかね」

　聞いた事がないが、糸井はやはり軽く頷いた。イギリスの文学者か誰かだろうかと首を捻ると、そこに、静さんと京子ちゃんを送っていった桑島が縁側から入ってきた。

「よう、揃ったね。桑島くんはどうだい」

「何がでしょう」

どさりと、座布団の上に桑島は胡坐をかいた。この男の美点は何時何処でも周りを自分の空間にしてしまえることだと以前から思っていた。ほんの一時間過ごしただけですっかりここの空気に馴染んでしまっている。

「エドガー・アラン・ポーを知ってるかね」

あぁ、と桑島が頷く。知っているのか。

「確か『西洋怪談黒猫』とか『ルーモルグの人殺し』などを書いた文学者ですね」

「そう。饗庭篁村さんが訳していたね」

其の方は何処かで聞いた事がある名前ではあるが、やはり読んではいないようだ。

「お前は読んだのか」

訊くと桑島は首を横に振った。

「いや知識として知ってるだけだが。それが何です？　先生」

「まぁ彼は要するに西洋綺談物を書く小説家なのだが、その『ルーモルグの人殺し』という物語に登場する探偵がすこぶる面白い。頭の中で純粋推論を展開して、人殺しの犯人に見当付けるわけだね。何処かの馬鹿みたいにあてずっぽうじゃあなくてね」

言ってる事は理解できる。犯人探しというのは、むろんそんな経験は無いのだが、要するにどれだけの事実を集める事が出来るかに成功の可否がある訳だろう。其の犯行が行われた場所に残された痕跡と関係者の話を集め、事実だけを選り分け、そこから出来事を組み立てる。何が起こったのかを。そしてそれが誰によって起こされたのかを。

「何処かで人殺しが起きたなんて物騒な話じゃないでしょうね」

　桑島が言うと先生は微笑んだ。

「そんなのじゃあないんだがね」

「夏目先生が、私達に探偵の真似事をしてくれと言ったのだ」

　言うと、桑島の口がへの字の形にひん曲がり、糸井と私の顔に視線を往復させた。そのまま何も言えずにいる様子に、糸井が口を開いた。

「何かを、密かに調べてほしいと言うんですか？」

「其の通りだね」

「我々に頼むという事は即ちそれは帝国大学の中の出来事で、更に外国人の教師に絡んだ調べ物という事ですね？」

　糸井の問いに今度は先生の口髭が歪み、それから可笑しそうに笑いだした。

「成程、僕の勘も満更じゃないようだ。その通りだよ糸井君」

　私も驚いていた。だが確かに言われてみればそうだ。先生が私達三人の訪問を受け、更に糸井が英語に堪能だと話を振り、それからの話なのだから其れこそ推論を導き出せばそうなる訳だ。まさしく糸井は推理をしたわけだ。少し考えれば誰にでも判る事なのだが、余りにも突飛な申し出に頭がまるで回っていなかった。桑島も感心した顔で糸井を見ている。

「外国人教師と言うと、ファーレン先生ですか」

「いや」

夏目先生は煙草に火を点けて、一息煙を吐き出した。

「ヘルン先生だよ」

ヘルン先生。小泉先生。

「ヘルン先生が、どうしたというのですか」

桑島がぐっと身を乗り出した。

「習っているのかね。ヘルン先生に」

三人で顔を見合わせた。特別聴講で講義を受けてはいるが、常時ではない。ヘルン先生の講義は三年生からになる予定だ。

「無論、これから話す事は他言無用になる訳だが、どうするかね、話を続けるかね。そんな怪し気な面倒臭い事に関わるのは嫌だというならここで止めておくが」

これは、どうしたら良いのだ。桑島が私を見た。それから糸井を見た。私も糸井を見つめた。しかし糸井は動じていない。真っ直ぐに夏目先生を見つめている。

「先生」

そのまま糸井は口を開いた。

「何だね」

「仮に、の話なんですが、僕たちがそれを承諾して、先生に協力したとして、不首尾に終わってしまった場合はどうなるんでしょうね？　何か危ない事になってしまうとか？」

うむ、と夏目先生は頷いた。

「其れは無いだろうね。と言うより、そんな事態にならないだろうから君達に話を向けたのさ」

「どうして僕達なら大丈夫なのでしょうか」

先生はにい、と唇を横に広げ笑った。

「学生だからさね。学生が講師や留学生と仲良くなったからといって誰に咎められる訳でもないだろう」

留学生と先生は言った。さて、今学校に留学生が居たかと考えた。仲良くなる、とは何か。

「面白い」

桑島は音を立てて腿の辺りを打った。

「やらせていただきますよ先生」

「そうかね」

胡坐をかいたまま、ずい、と桑島は前に出た。

「先生に向かってこんな戯言を言うのは何ですが、どうにもこの閉塞感というか浮世の塵というか、そういうものに心底嫌気が差していたのですよ俺は」

成程、と夏目先生は頷く。

「新時代はやってくると言われながらも、相変わらず弱者は虐げられ強者のみが頭の上で闊歩してやがる。一足飛びにそこに手を掛け足を引っからげてよじ登ってやろうと思いながらも、これがまた」

桑島が天を仰いで嘆息する。何を大げさにと思ったが、日頃から彼が大いなる不満を腹の内に抱え込んでいるのは承知していた。

「気晴らしといってはお怒りになるかもしれませんが」

「怒りゃしないよ。むしろ其れぐらいの気構えの方がこちらも有り難い」

探偵などと大仰に言ってはみたものの、と、夏目先生は続けた。

「要するにヘルン先生とある留学生に接近してもらい、胸襟を開くまでの仲になって欲しいのだよ」

くい、と、糸井は首を軽く捻った。

「其の後、何かを摑んで欲しいという訳ですね」

「其の通りだ」

「では」

其の何かとは何なのかと訊いてみた。

「どんなものなのか知らなければ、糸口を見つける事もできませんね」

「むろんだね」

夏目先生は空になっていた湯飲みを見つめ、そして桑島が持ってきた酒瓶をひょいと指差した。

「せっかくだから一杯だけいただこうかな。君たちもどうかね」

「いただきます」

言うが早いか桑島の手が酒瓶に伸びて栓を抜いた。三人の中で一番の酒豪は桑島に間違いない。糸井はこれで中々強いのだが、酔ってもまるで変わらないので桑島には面白くないと評されている。

「空(す)きっ腹には響くからね」

言いながら先生は重を開き、静さんと京子ちゃんが作ってきた煮物を立て続けに口の中に放り込んだ。膨らむ程頬張り物を食べる大人を私は久しぶりに見たかもしれない。

そうして、桑島がどぼどぼと茶碗に注いだ酒を、まるで嘗めるようにちびりと口に傾ける。途端に「旨い！」と声を上げ、さも嬉しそうに子供のように顔を崩す。

成程、この無頼な部分と繊細なところの混沌ぶりが夏目先生という人間の魅力なのかと考えた。

「さて」

先生が茶碗を長火鉢の端に置き、煙草に火を点けた。

「事の発端から話そうかね」

「お願いします」

まずもって、と先生は続けた。

「僕はヘルン先生とは面識もないし関わった事もないのだがね。縁というか何というか、そういうのがあるようでね」

何でも同じ地に教師として赴任する事があったそうだ。

「今回もね、帝国大学から教鞭を取ってくれと僕は誘われているんだが、どうもヘルン先生の後釜らしい」

「そうなのですか?」

うむ、と夏目先生は口髭を弄りながら渋い顔をした。

「其の辺はまだ先の話なのだが、どうにもヘルン先生を追い出すような形になりそうなので何とも心苦しい。ヘルン先生は中々波乱万丈な人生を送って来られた方らしく、生まれこそギリシャだがお父上はイギリス人でね、ギリシャ、イギリス、フランス、アメリカとあちこちの国で生活されてきた。主に新聞記者として活躍されて来たようだが、ニュウヨォクの新聞記者だった頃に日本の文部省のお役人と知己となってね。特派員として日本にやって来た時に、英語教師としての道に誘われたらしい」

成程、という感じで糸井が頷いた。

「では、その文部省のお役人という方が、今回夏目先生とヘルン先生を繋いだのですね」

「其の通り」

そうか、夏目先生は文部省の肝いりでイギリスに留学されていたのだった。糸井はこんなにも話を聞きながらあれこれと考えを廻らす人間だったのか。私はただ話の道筋を追っているだけなのに。

「さて、ここからが本題だ」

夏目先生が、ぐるりと私達を見回した。

「其の文部省のお役人だが、名前は言えないので、そうだな」

手を当てていた長火鉢を、トン、と叩いた。

「〈火鉢君〉とでもしておこう。火鉢君、元々は外務省の人間でね。それはまぁキナ臭いところを色々と渡り歩いて来たと思ってくれたまえ」

何も火鉢と名付けたからってキナ臭いわけではないぞ、と先生は笑ったが、いよいよ本題と真剣に話に没入したばかりだった私達は笑いそびれてしまった。先生の講義は実はあまり面白くないというのはこういう間の悪さも原因かもしれない。

先生は一つ咳払いを挟んで続けた。

「火鉢君、娘を我が国の大学に留学させて学ばせて欲しいという依頼を、ヨオロッパの小国の貴族から受けた。それ自体は別に問題はない。新興の気概激しいアジアの小国に興味を持ち、自国との文化交流をも考えているらしい。文部省としても断る理由もなく特待生として迎え入れる心積もりさね」

成程、と皆で頷いた。特段、ここまでは疑問もないし、珍しい話ではあるが筋は通っている。今までにも海外からの留学生はやってきていた。

「僕は火鉢君から協力して欲しいとその話を聞かされて、驚いたね」

「何にです」

先生は、僅かに口髭を歪ませた。

「その娘さんとはね、火鉢君から話を聞く前に、僕は英国でちょいとした縁があったのだよ。ある事で出会って色々と話をしたのだ。其の時から彼女は日本に興味があったのだね。そうして色々話す中で彼女に対して一つの疑念を抱いたと思ってくれ」

疑念、とは。

「其れがどんなものかは一先ず置いとく。そうして火鉢君が僕に言うにはだね、このお嬢様、ある秘密を抱えているらしいのだよ」

「今度は、秘密ですか」

うむ、と頷いて夏目先生は懐(ふところ)に手を入れた。疑念に秘密、と。何やらさっぱり要領を得ないが聞くしかない。夏目先生は私達の顔を見回して、苦笑いした。

「はっきり言ってくれと思っているだろうね。ところがこれは言えんのさね。言ってしまうと君達の中にある種の概念が刻まれてしまう」

「そういう物を抱いて接触するのが拙(まず)いと思われる訳ですね」

糸井が言うと頷いた。

「そういう事さね。たった一つ言えるのは、その娘に対する疑念も抱えた秘密も、実は巡り巡ってヘルン先生にも関係してくるものだと。つまり、君たちに何を探って欲しいかと言うとだね」

先生は言葉を切って、にやりと笑った。

「糸井くん、判るかい」

「ヘルン先生がその留学生と出会いどういう態度を取るか、そして留学生もまたどのように接するか。その結果二人の間に教師と留学生以上の何らかの関係若しくは思いの様なものが生じるかどうか。更には、その疑念と秘密の答えを探れるものなら探り確定できるならば事実としての証拠が欲しいという訳ですね?」

「見事!」

夏目先生はポンと手を打った。

「君はあれだ。卒業したら探偵社なるものを開くと良い」

2

からからから、なんて古い表現があるけど本当にそんなふうに榛さんは笑った。よっぽどツボにハマったのか、涙を流してお腹を押さえて止まらなくなってしまった。おかげで僕までツボにハマってしまって二人でしばらく声も出せずに腹筋に力を込めていた。

「はぁ、苦しい」

「苦しいのはこっちですよ」

ようやく笑いが治まって二人で涙を拭いた。ちり紙を懐から取り出してもみほぐして鼻をかんだ。こっちの暮らしで悲し過ぎるのはティッシュがないことだ。こうやって鼻をかむのも手ぬぐいやわら半紙のような紙を使う。鼻が赤くなってしょうがない。手鼻をかむという習慣があるけど、それがどうして生まれたのかよくわかったような気がしていた。

「まぁしかし、いろいろやってくれるね」

「まったくですよ」

いったいどんな話が飛びだしてくるのかと思ったら。

「ヨーロッパのさる小国の貴族の娘さんにラフカディオ・ハーンですからね。本当になんだかもう、何を考えているんでしょうかね〈話虫〉は」

「確かに、めちゃくちゃだね。この〈話虫〉は節操がないというか」

「ないというか？」

榛さんはニヤッと笑った。

「物語を作るのが下手くそじゃないのかい。風呂敷を広げ過ぎてとてもまともな筋になるとは思えない。まるで子供のように思いついたものをどんどん放り込んでいく感じだ。多少の筋の良さはあっても、とても小説家にはなれないんじゃないかね」

確かにそんな気もする。

「まぁしかし笑ってばかりもいられないね」

「そうなんです」

夏目漱石ばかりか、まさか小泉八雲まで絡んでくるとは。

「まさにオールスターキャストの様を呈してきたね」

ラフカディオ・ハーン、日本名小泉八雲。この時代にはどうやらヘルンさんと呼ばれているらしい。ハーンの綴りは Hearn だから、そうなったのだろう。現代においては知らない人はいないほどの明治時代の日本を象徴する文学者だけど、ここではただのお雇い外国人教師だ。学生たちの間ではかなり人気が高いようだけど、僕はまだ習ったことがない。

「でも、実際問題として、夏目漱石と小泉八雲に接点はなかったのでしょう？　いろいろ被る部分はあったのでしょうけど」

　榛さんは首を捻った。

「さてね、そこまで突っ込んで調べたことはないけれど、知っている限りでは知人として接した記録はないと思ったが。まぁ」

　首を竦めて苦笑した。

「〈話虫〉のやることだ。何でもありと思っていた方がいいだろうね。歴史上の事実は単なる参考として考えておいた方がいい」

「そうですね」

　うん、と榛さんは頷いて煙をふぅ、と吐いた。

「名前はなんだっけ？　その密かに留学してくる貴族の娘さんは」

「エリーズ、と夏目先生は言ってましたね」

「エリーズ、ね。秘密を抱えたお嬢様、か」

　ふぅむ、と榛さんは首を傾げた。

「森鷗外の匂いも出してきたか」

「そう思いますよね」

夏目漱石と同じく明治の文豪森鷗外。その代表作である『舞姫』の登場人物は、エリス。つまりエリーズと同じ綴りだろう。

「揃ってしまったね」

「何が揃ったんですか」

にいっ、と笑って僕を見た。

「登場する若者の人数だ。静さんと京子ちゃんとエリーズ、そして圖中君と桑島君と君だ。まるで合コンでも始まるみたいに三対三だ」

「あ」

確かに。

「何か意味があるんでしょうかね。その人数が揃ったというのは」

「あるかもしれない」

ないかもしれない、と榛さんは続けた。

「問題は、今ここで起こっている様々な『こゝろ』の本筋から離れていく、あるいは付け加えられていくストーリーを操っているのは誰なのか、誰が〈話虫〉なのかってことなんだね。今さら言うことではないが彼ら〈話虫〉には意志がある。そしてここでは〈意志の力〉の強さがそのままここでの現実になっていく」

「だから、本物の人間である僕らの意図がそのまま反映されるんですよね」

「その通り」

そうなんだ。夏目漱石、小泉八雲が出てきたのも、京子ちゃんやエリーズという人物が登場したのも、〈話虫〉の意志というか意図。

「今までの経験上、どこの誰が〈話虫〉なのかわかんないのですか?」

それがわかったなら迷う必要はないんだ。さっさとそいつを〈干して〉しまって、話を元に戻して帰れるんだ。現代に。

「わからないね」

榛さんは、煙管をカン、と長火鉢に打ち付けた。

「それで? その娘さん、エリーズが大学にやってくるのはいつだって?」

「一週間後です」

「知り合うための手筈は? どうするんだい?」

「それは夏目先生が整えてくれるとか」

まだ大学で教鞭を取っているわけではない夏目漱石が、どう手筈を整えるのかもわからないんだけど。

「とにかく待つだけかい」

「そういうことです」

ふーん、と榛さんは声を上げて、少し唇を尖らせた。

「どうしました」

「うん」

「気になることでも？」

右手の指を折って何かを数える仕草をした。これは別に本当に数えているわけじゃなくて、榛さんが本気で考えるときにする癖なんだ。最初はいったい何を勘定しているのかと訝ったけど。

「糸井くん」

「なんですか」

「ひとつ、確認をしておこう」

「はいはい」

右手のひらをパッと広げた。

「最終的な君の目標は、静さんと圖中くんを結びつけることにある」

もちろんだ。そうしなければ夏目漱石の名作『こゝろ』は成立しない。

「従って君はエリーズと深い仲にならなければならない」

「それはどういう図式なんですか」

「簡単だよ。前にも言ったけどね。この『こゝろ』は極論しちゃえば恋バナだ。全ての行動原理が男女の云々にある。だから〈話虫〉も、やたらと若い男女を出してくるのだろうさ。静さんと圖中くんがくっついて、なおかつ桑島くんが自殺するにはどうしたらいいのかを考えれば？　どうなる？」

本当にその桑島の、〈K〉の自殺は考えたくないんだけど考えなきゃならない。

「桑島が静さんに振られなきゃならない。いや、ひょっとしたら圖中くんにひどい裏切りをされた上でそうならないと自殺までは」

「それが難しくなった」

「どうしてですか」

「エリーズが出てきてしまったじゃないか。仮に静さんと圖中くんがくっついても、桑島くんには今度はエリーズという別の目標が出来てしまうって寸法じゃないのかね。だから、それを邪魔するためには」

なるほど。

「僕とエリーズですか」

「君は静さんと圖中くんをくっつけるために画策し、なおかつエリーズと桑島がくっつかないようにしなきゃならない。さらには桑島くんがひどい疎外感や絶望やそういうものを味わうように」

まぁ理屈としてはそうなるのか。

「難しいですよね。一人の男を絶望させるなんて」

そんな風にくっついたとして、残ったのは腹違いの兄妹である桑島くんと京子ちゃん。

「京子ちゃんの存在もあれですよね。桑島にとっては大事なものになっているから」

「そうだね。失恋したぐらいなんだ、と励まされたら桑島くんが生きる力を得るかもしれない」

ってことは。

「ひょっとしたら僕は、二股でもかけなきゃならないってことですか？　京子ちゃんの気を引いて、エリーズの気を引いて、その上でエリーズを選んで」

榛さんは頷いた。悲しい気持ちになってしまったけど、その前に。

「僕がそんなにモテる男に見えます？　榛さん」

「見えないねぇ」

からからと笑った。

三

十一月も半ばを過ぎて、いよいよ朝夕の寒さが身に染みるようになって来た。夜に桑島が部屋の長火鉢で米粒を煮ていたので何をするのかと問えば、糊(のり)を作って壁の隙間を埋めるのだと言う。

「そんな事するのか」

「そんな事とは何だ」

どうやら出来上がったらしい米の糊を小鉢に盛り、ついて来いと首を振った。

「其処の隅に手をかざしてみろ」

角に置いた自分の机をずらして手で示す。言われた通りに其処に手を当てる。

「うん、確かに」

隙間風が忍び込んで来ている。冷やりとする風が其処から立ち昇っている。

「そこで、これだ」

何をするのかと思えば、米の糊を箸(はし)で摘んで、其の角に置き埋めていく。

「どうだ」

得意がる桑島に促されてまた手を当てる。

「あぁ、成程」

さっき立ち昇っていた冷気は消えた。

「前の俺の下宿の部屋は全部これで埋めて快適だったぞ」

ここの家はしっかりとした作りだが、それでも建ってからそれなりの年月が経っている。確かに隙間も出て来るだろう。

「完璧に乾いてしまうとまた風が入るが、二度三度とやっていけば春まで持つ様になる」

「生活の知恵だな」

「他には無いか。探せ」

言われるままに二人で部屋をうろうろと歩き回り、あちこちに手を当てて隙間風の入るところを探して、そこを糊で埋めていった。

「天井はいいのか」

手を伸ばして訊くと、いいんだ、と首を振った。

「天井の方は換気が必要だからな」

「換気?」

「知らんのか。炭火で中毒を起こすんだぞ。一酸化炭素というものが発生して死に至るらしい」

夏目先生から聞かされたらしい。英国を始めとする欧羅巴(ヨォロッパ)の方では石造りの家がほとんどだから、木や紙で出来ている日本の家屋よりはるかに気密性が高い。

「其の分、部屋から暖気が抜ける率が少なくはなるが、逆にそういう毒も溜まりやすいという訳だ」

「日本家屋は逆に暖気が抜けやすいが、毒も溜まらないという事か」

そういう事だな、と、得意そうに頷く。

「西洋にも日本にもそれぞれ良い所があり、悪い所がある、という事だ。何でもかんでも西洋化すれば良いと言うものでは無い。日本の良い所を何故見つめ直して体系化して、西洋の文化との融合を図っていかんのかと」

「其れも夏目先生の受け売りか」

「そういう事だ」

二人で笑った。どうやら桑島は随分と夏目先生のことを気に入っているらしい。長火鉢を囲んで座り、煙草に火を点ける。真上の電球の明かりが、じじじ、と音を立てて鳴った。

「お前は、夏目先生が気に入らんのか」

桑島がふいに真面目な顔をして訊いてきた。

「別にそんなことは無いが」

「嘘を吐け」

ふぅ、と煙を私の顔に吹き掛けた。

「何年友人をやっていると思う。お前が何処か醒めた眼で先生を見ているのは先刻御承知だ」

別に責めているという風ではなく、にやりと笑いながら桑島は言った。

「そんなつもりは無かったがな」

桑島にはそう見えたのだろうか。首を傾げると、まぁしょうがないと続けた。

「何がしょうがないんだ」

「お前と夏目先生は似ている」

「そうか?」

何処が似ていると言うのか。

「性分みたいな所だろうな。きっと似ているから、若いお前の方が何となく反発しちまうのだろうさ」

「そうかなぁ」

自分では判らない所が、友人である桑島には判るのかもしれない。しかし、醒めた眼で見ているというのには、思い当たる事はある。そう言うと桑島は少し驚いた顔をした。

「何だ。其れはどういう事だ」

「夏目先生は我々にエリーズの知己となっていろいろと調べて欲しいと言ったが、あれは実際に本当の事なのだろうか、と思っていた」

「何？」

「本だ」

「本？」

ずっとそんな感じを抱いていた。

「夏目先生は現実の話をしているのではなく、まるで本の中に書いてある物語の内容をなぞっているような気がしてな」

桑島の眼が細くなった。

「話す内容に現実感というものが無い、という意味か」

「怒られるかもしれないが、そう思ったんだ」

＊

月曜日だ。前の日に、講義が始まる前に学長室に来てくれと言われていた。さてはどうやらエリーズがやってきて、紹介でもされるのだろうと桑島と話していた。呼ばれたのは私と桑島と糸井だ。

しかし呼び出されたのはいいが、夏目先生がどうやって私達三人とエリーズを引き合わせる事を大学側に承知させたのか皆目判らなかった。

「まぁ、行けば判るってものだ」

桑島の言葉に頷いて、三人で揃って学校に向かい、真っ直ぐに学長室へ足を運んだ。ノックをすると、中から誰かの声が聞こえて、桑島が扉を開けた。中に入った私達の眼に飛び込んできたのが、金髪の少女だった。

眼の覚めるような、とは、こういう事かと思い知った。

抜けるような白い肌、深い湖の色のような瞳、窓から差し込む朝の光にまるで溶け込むような髪の毛の色。

糸井に肘で突かれるまで、きっと私は身じろぎ一つしないで彼女を見つめていたのだろう。慌てていると学長が少し苦笑いをしたようにも感じた。

「中へ入りたまえ」

学長に言われ、私達三人は歩を進めた。学長と恐らくはどこかの役人と思われる髭（ひげ）を蓄え知的な眼差しの男性は、私達にソファを勧め、三人で並んで座った。エリーズ嬢は私達の向かい側に腰掛け、脇に控えるように役人らしき男は立った。

「さて」

私の斜め向かいの一人掛けのソファに座った学長が、微笑みながら言う。

「既に夏目金之助先生から聞いていると思うが、こちらがエリーズ嬢だ。エリーズ嬢は日本語を理解できる。喋(しゃべ)るのは片言だが、聞くのは簡単な言葉でゆっくり話せば大体は大丈夫という事だ。まぁ込み入った話は英語でして欲しい」

エリーズさんは、その学長の言葉に頷き、にこりと微笑んで私達を見た。

「よろしく、おねがい」

「こちらこそ」

ほとんど同時に私達は頭を下げ、その様子が可笑しかったのか、エリーズ嬢は少し口に手を当てて微笑んだ。

「糸井君、圖中君、桑島君」

「はい」

三人で揃って返事をした。

「今日から、君たちはエリーズ嬢がこの学校に居る間、また、見聞を広めるために外出する間も出来るだけ一緒に居るようにしてくれたまえ。役割はむろん、彼女の身の安全と心の平安を保つためだ。期間は約三ヶ月。冬が終わるまで、と考えていればよろしい。むろん、君たちの学業に支障が出ないように配慮はするが、仮に已(や)むを得(え)ず欠席する状況になったとしても、こちらできちんと考慮する」

身の安全と、心の平安。きっと私達が怪訝そうな顔をしたのだろう。学長は頷いて続けた。

「圖中くんと桑島くんは柔道の達人だと聞いている。二人で交代でも何でも構わん。エリーズ嬢の身の安全を図ってくれ。糸井くんは英語に堪能でかつ実家の職業柄、欧羅巴各国の情勢にも詳しいそうだな。日常生活に何かと支障が出ないように相談に乗ってやってほしい」

そういう事か。夏目先生は、そういう役割を私達に与えたのか。しかしそれは。

「学長、よろしいですか」

糸井が声を上げた。きっと私が疑問に思ったのと同じ事を考えているに違いない。

「まったく支障はないのですが、ひとつだけ質問を」

「何かね」

「今私達に託されたそういう役割は、失礼ですがそちらに控えている政府の方の行うべきものではないのですか？　何故我々のような一介の学生に」

学長と役人らしき男は、顔を見合わせた。

「いい質問だ、糸井くん」

男が応えた。

「私は故あって身分を隠すが、こちらのヘルン先生と縁ある身と思ってくれ」

ヘルン先生と縁がある。この身分を隠した男はそう言った。ならば、何故ここにヘルン先生が居ないのか。そう思った私の胸の内を見透かすように、その男は薄く微笑んだ。

「縁があるからこそ、君達に身分を隠し、こうしてヘルン先生とは会わないでおくのだよ」

若干の威圧感を発する男に気圧される様子もなく、糸井は首を傾げた。

「と、仰(おつしや)いますと」

「夏目先生からもお話が多少あったとは思うが、要するに私のような人間が出入りしてヘルン先生に無闇な疑念を抱かせては拙(まず)いという事だ。そこで、君たちのような学生に白羽の矢が立ったという理由(わけ)だ」

桑島と顔を見合わせ、どちらともなく頷いた。成程、何故私達のような学生が選ばれたかは判った。糸井が続けてその男に訊いた。

「もう少し質問をよろしいですか」

「構わないよ」

「エリーズさんの前でそういう話をするという事は、ヘルン先生に内緒だという事を彼女は知っているという事になります。しかし当のヘルン先生には何も知らされていない。ならば、エリーズさんがこうして日本にやってきてヘルン先生が教鞭を執るこの大学に、いえ、傍に居ようとするのは」

糸井はそこで少し声を潜めた。

「ヘルン先生の過ごされた外国での出来事が巡り巡って今、こういう事態になったという事ですか」

男は、少し虚を突かれたように頭を反らせた。そして糸井の顔を凝視した。

「どういう意味か判り兼ねるが、具体的に言うとどういう事かね」

「具体的に言って良いのですか？　あえて私達も知らない方が良いのではないですか？」

男は眼を細めた。糸井が言っている意味が私には判らなかった。彼は何を考えているのだ？

「成程」

男が、大きく頷く。

「夏目先生が君を推した理由がよく理解できた」

まだ私には判らない。桑島もそんな顔をしている。

「おおよそ、君の想像は当たっている事だろう。しかし、その先を推測はしない方が良い。君達は単に学校に頼まれて留学生の世話をするというだけだ。その事だけに神経を集中していただきたい」

「承知しました」

私と桑島は相変わらず釈然としないまま顔を顰めていたが、ただ一人、糸井だけは頷いていた。

「まぁ」

糸井だ。私達の方を向いて爽やかな笑顔を見せた。

「難しく考える必要はないだろう。僕達は外国からのお客様と楽しく毎日を過ごせば良いんだ。こんな光栄で意義のある使命はそうそうないじゃないか」

それは。確かに尤もなのだが。

「それから糸井君、君には夏目先生とも知人である叔母上様がいるそうだね」

「はい」

「エリーズ嬢に用意した家には無論下女を置いたが、それだけでは不足かも知れない。聞けば叔母上も英語には堪能とか。是非、エリーズ嬢の傍に居て女性にしか出来ない世話をしていただくようお願いしたい」

*

さっそく今日は大学構内、さらには普段私達が行き来するような所を案内してやって欲しいと頼まれた。早く日本に慣れて欲しいという配慮だろう。

「いつ、こちらに着いたのですか」

訊くと、エリーズさんが頷き答えた。

「きのう、ゆうこくです」

結局名前すら教えてくれなかったあの役人風の男の住居に泊まったという。

「疲れはありませんか」

「だいじょうぶ、です」

エリーズさんが微笑む。何と表現すれば良いのだろうこの瞳の色は。見つめるとそのまま吸い込まれていきそうになる瞳。

日本の生活に親しむためにと、夏目先生の家のすぐ近くに一軒家が用意してあるという。それは即ち私達の下宿の、糸井の下宿のすぐ近くというわけだ。榛先生に世話を頼みたいと言ったのもそういう理由があったのか。

「しかし、あの辺のお住まいに丁度良い西洋館などありましたか」

「いいえ、にほんのいえです」

今朝方案内されて見てきたが、とても手入れの行き届いた心地よさそうな家だったと言う。

「せわ、してくれる方、いました」

成程、と三人で頷いた。下男に下女はきちんと手配してあると言っていた。さしずめ私達は通いの書生といったところか。

「にほんの、いえ、きれいです」

エリーズさんがにこりと微笑んだ。綺麗なのか。しかしどこのお国か判らないが、エリーズさんたちの暮らす欧羅巴の家の方が余程大きくて広くて立派で豪華なのではないか。訊くと糸井が英語で通訳して、エリーズさんは日本語では説明できないと思ったのだろう英語で答え、糸井が通訳してくれた。

「要約すると、過剰なものがないという意味で、綺麗と感じるんだろうね」

「成程」

「端正故な美学とでも言えばいいのかな。エリーズさんはそれを美しいと感じたんだろう。それと細かな工夫や細工などが」

エリーズさんは〈欄間〉を見て感激していたそうだよ、と糸井は続けた。

「ならば、神社仏閣の類いもたくさん見てもらった方がいいだろうな」

桑島が腕組みしながら頷き言った。それは良いかもしれない。欄間の美しさを理解できるのならば、日本の建築様式の粋を集めた神社やお寺にはさぞや興味を持ってくれるだろう。

「今の内かもしれないね」

糸井が言う。

「何がだい」

「日本の建築の美しさを外国の方にきちんと紹介できるのは」

「何故だ」

桑島が訊くと、糸井がほんの僅かに瞳に憂いを込めたような気がした。

「日本は益々西欧化への道を辿っていくだろう。そうなれば、日本の良さなどというものに日本人は気づかないまま、それを捨て去っていくからさ」

珍しく、その物言いに何か強さのようなものを感じたのは何故だ。

「妙に確信めいた言い方だな糸井よ」

桑島もそう思ったのか。言われて糸井は、いや、とすぐにいつもの柔和な表情に戻った。

「ごめんごめん。エリーズさんの前で少し浮かれちゃったみたいだ」

僕らが長々と話すとエリーズさんには理解できないね、と、糸井はすぐに謝っていた。

「どうだろう。大学を案内し終わったら、そのまま圖中たちの下宿に来てもらうというのは」

「家へ？」

桑島と二人で顔を見合わせた。

「どっちみち近所なんだし、静さんも京子ちゃんもいる。エリーズさんも同じ年頃の女の子の友人が出来るのは問題ないだろう」

むしろその方が何かと心強いのではないかと糸井は言う。

「そりゃそうだな」

桑島も頷き、糸井はエリーズさんに英語で説明していた。そこの件は簡単な英語だ。私にも聞き取れて理解は出来た。

俥（くるま）を用意させようと提案したのだが、エリーズさんは散歩を楽しみながら行きたいと言う。

西洋の御婦人の洋装にしては慎ましやかな出で立ちだ。雅びやかなひらひらした飾りなどもなく、これぐらいの服装ならば今なら町を歩いてもそうは奇異の眼では見られない。ホテルや女給のいる店に行けば同じような出で立ちの娘たちはいる。

しかしいかんせんエリーズさんの、日本人が獲得し得ない西洋的な美しさは群を抜いている。それだけで好奇の眼を向ける連中は大勢居るだろう。護衛を任されたからにはそれなりに周囲に気を配らなければなるまい。

校門を出ると二人の前に私と糸井が立ち、桑島が最後尾で歩くようにした。あいつはその気になれば全身から威圧感を発し、近寄れば危険と他人に思わせる事も出来る男だ。これほど後方を任せて安心な男もそうは居ないだろう。

ゆっくりと、私達は歩いていた。後ろで桑島が「あれはなにそれ」と案内よろしく説明する声が聞こえる。

それにしても。

「糸井」

「なんだい」

「随分と雄弁になって驚いたのだが」

そう言うと糸井は少し伸び過ぎたのではないかと思う髪の毛に手を突っ込み頭を掻いた。

「これでも呉服屋の息子だからね。お客様相手の会話には慣れているんだよ」

そうだった。言われてみればその通りだ。門前の小僧と言うが、糸井は商家に生まれた子供だった。

「その気になれば立板に水で商品の売り口上だって喋る事は出来るさ」

「普段はその気にならないだけか」

「元々は無口な方だからね」

それは理解したが、判らない事はまだある。糸井は先程の役人風の男と学長が隠した事を、私や桑島が理解できなかった、エリーズさんと夏目先生とヘルン先生の関係性を全て見抜いたような様子だった。

そこの所を詳しく訊きたかったのだが、今は無理だろう。エリーズさんに楽しく過ごしていただくのが本筋なのだ。

ちらりと後ろを振り向くと、前を見ていたエリーズさんと眼が合った。彼女はにこりと微笑む。その笑顔にはえも言われぬ風情が伴う。表現が、言葉がまるで見つからない程の美しさだ。それはそうだろう。彼女は異国の女性だ。我々が平生使う美しさの表現は、全て日本人に対するものだ。

美しい。

ただ無条件にそう感じる。

3

「あれですね、女の子ってのは」

「なんだね」

「昔も今も変わりませんね。あっという間に仲良くなっちゃって、言葉の壁なんかも乗り越えちゃう。乙女力ってのはスゴイですよ」

本当にそうだった。圖中の下宿に連れて行って紹介して、そうしてそれぞれ着ている服に話が及んだ途端に会話が盛り上がっていった。

要するに〈カワイイー！　ねぇその服チョーカワイイんだけど！〉って感じだ。

「で、ファッションショーの始まりですよ」

「エリーズが着物を着て」

「静さんと京子ちゃんがエリーズの服を着て、と」

眼に浮かぶようだね、と榛(はしばみ)さんは微笑んだ。

「それにしてもまた微妙な関係性を保たせたものだね」

「そうなんですよね」

圖中は盛んに気にしていた。エリーズさんと夏目先生とヘルン先生の関係を。それを僕が理解したような顔をしたことを。

「実はまったく理解してないんですけどね」

「その場でハッタリかましたんだろう？」

一応は。そのハッタリが功を奏すことだってあるんだ。少なくとも僕の意思がこの世界に影響を及ぼすんだから。

「どんなハッタリだい」

「そりゃもう」

ベタだ。ベタ過ぎで自分でも笑っちゃう。

「エリーズさんは実はヘルン先生の娘ですよ。道ならぬ恋の結果ってやつです」

「なるほど、そこに行ったかい」

「でも、まんざらでもないでしょ？」

その昔、ヘルン先生は、ラフカディオ・ハーンはヨーロッパの小国の貴族の娘さんと恋に落ちたが身分の違いで引き裂かれた。しかし。

「彼女のお腹には愛の結晶のエリーズが。そして大きくなったエリーズは母親に秘密を教えられて父親に会いたいがために日本へやってきた、と。しかし小泉八雲はそんなことを知らない。さらにはエリーズにはもうひとつ何らかの秘密がある」

「そんな感じです。役人風の男もなんとなく納得していましたし、効果はあったかなって」

　榛さんは、ふむ、と眉間に皺を寄せた。

「その、謎の役人風の男が恐らくは〈火鉢君〉なのだろうね」

「そうです、そして〈話虫〉だと思うんですけどね」

　あの男が、もしくはあの男に取り憑いているのが〈話虫〉ならば、夏目先生やヘルン先生、そしてエリーズさんがそれぞれに何らかの関係を持っているように、あいつが仕向けたんだ。〈話虫〉には間違いなく行動理由がある。つまりこの物語をこうしたい、という欲求だ。

「そうだね。夏目漱石もラフカディオ・ハーンも、ひょっとしたら京子ちゃんもエリーズちゃんも、全部が彼の強い思いによる登場なんだろうね」

「ふと思ったんですけど、彼が〈話虫〉なら、まるで夏目漱石の人生を再構築しようとしているみたいですね」

　そう言ったら、榛さんが、ほぅ、と少し眼を丸くした。

「なんですかその反応」

「いや、何故そう思うんだい？」

「あくまでも僕の印象なんですけどね。夏目漱石って、あれですよね、奥さんもけっこう不安定な人で子沢山で柵（しがらみ）もいろいろあって、数々の名作を生み出したのは間違いないですけど、キツイ人生を送りましたよね」

榛さんは笑った。

「その人の人生がどうだったか、なんてことはその人にしかわからないけど、確かにそういう印象を持たれてもしょうがないかもしれないね」

「でもですね」

違うんだ。

「何が違うんだい」

「まず、あれから何度か夏目漱石のお宅にお邪魔しましたけどね、一度も家族に会ったことないんです」

うん、と榛さんは頷いた。

「そう言っていたね」

「これって、展開としてはなんか片手落ちですよね。漱石を登場させたのにその家族を描かないってことは、〈話虫〉は家族を無視してるってことですよね」

無視するってことは、夏目漱石に家族というある意味での人生の重荷を与えていないとも考えられる。

「しかも夏目漱石は僕らに会う度に陽気なところを見せていて、とても神経症を患った人には思えないし、むしろ自分の人生を謳歌しているようにさえ思えるんですよね」

「なるほど」

興味深い観察だね、と榛さんは頷いた。

「〈話虫〉の行動論理なんて僕にはわかりませんけど、『こゝろ』を好き勝手に変えようとして夏目漱石を出してくるなんて、彼に対してよっぽどのシンパシーを感じてるってことですよね。だとしたら」

「〈話虫〉は夏目漱石に幸せな、違う人生を送らせてあげたいと考えているように君には思えるってことだね」

「その通りです。夏目漱石の人生をこの『こゝろ』を舞台にして、実際の人生とは違ってまるで薔薇色のハッピーエンドに終わるように導くことが目標なんですかね。いや本当の人生がそうじゃなかったということではなくて、あくまでも僕の印象ですけど」

榛さんは、うん、と深く頷いた。

「一応の筋は通っているね」

そこで、閃いた。

「あれ？　ってことは」

思わず榛さんの顔を見てしまった。

「どうしたね」

「彼は、実際の、現実に存在した文豪夏目漱石とも知り合いって可能性もあるんですね。いや」

むしろそうじゃなきゃ、彼に幸せな人生を、違う人生を送らせてあげたいなんて考えるはずがない。

「じゃあ、〈話虫〉って」

ひょっとして。

榛さんが、にやり、と笑った。

「そこに思い至ったかい」

そうじゃないか。そうだったのか。

「榛さん」

「うん」

「今ここで、〈話虫〉の正体を、指摘してもいいですか？」

物語の登場人物として動いている僕らは、その向こう側をあまり知ってはいけない。そうでなければここから乖離して、〈話虫干〉としての役割を果たせなくなってしまう。ぶっちゃけ〈目覚めて〉しまう。目を覚まして、あの地下倉庫の大きなテーブルのところで眠っていた自分に気づいてしまう。

そして、眠っていたのはほんの数分か数十分か、長くても数時間であったことを知ってしまうんだ。たとえこの世界で何年暮らしたとしても。

「正体、かい」

榛さんが、コーヒーをこくりと一口飲んで頷いた。

「言ってごらん」

「いいんですね」

「私が、まぁ君の喩えにこだわるならゲームマスターだからね。この仮想空間では。ここまで来たなら君がその考えを持って行動してもいい頃だろうと思うよ」

「じゃあ言いますけど、〈話虫〉の正体は〈人間〉なんじゃないですか？　この物語にしか登場しない架空の存在ではなく、本当に実在した〈人間の魂〉ですよ。さらに言えば〈文学を愛して止まない彷徨える人間の魂〉。ぶっちゃけ」

僕もコーヒーを飲んでから続けた。

「文学好きのユーレイです」

ニコッ、と榛さんは微笑んだ。煙管をくわえて煙草を詰めて、炭で火を点ける。僕も袂から巻煙草を取り出して火を点けた。二人の煙が絡み合うようにして部屋の上へ流れていく。

「幽霊ね」

「まぁわかりやすく言えば、ですけど」

　そういう類いのもの。

「理屈としてきれいに説明はできないですけどね。〈魂〉というものの存在を信じるならば、人間一人の人生を動かすほどのエネルギーを持ったものです。そのエネルギーならば、〈物語〉の世界を作り上げるほどには力があるんじゃないですか？」

「なるほど。子供じみた発想ではあるけれど、おもしろい」

「でしょう？」

「文学を愛するが故に、自分の愛した物語の中に入り込み、その物語を自由自在に操って変えようとしているわけだな？〈話虫〉は」

　そういうこと。

「それなら、馨ちゃん」

「その呼び方はやめてください」

「馨ちゃんは、この世界を作り上げた〈話虫〉は〈火鉢君〉ではないかと推測した。そして〈話虫〉の正体は人間の魂だという」

「ですね」

「ならば〈火鉢君〉には生前の名前があったはずだ。文学を愛し、『こゝろ』の世界に入り込んで変えようとしている男の名前は？」

そこまで推測できているのかい？　榛さんは笑みを浮かべて僕に訊いた。

「まぁ本当に推測なんですけど」

「あるのかい」

頷いた。いろいろと手がかりを〈話虫〉はこの物語の中に残している。

「その前に、正しいですか？」

「何が」

「この世界を作り上げた〈話虫〉。その正体は〈文学を愛して止まない彷徨える人間の魂〉であるという説は」

榛さんは、少し頭を傾げた。

「正しいか正しくないかは、言えない。そもそも」

「そもそも？」

「わかんなーい」

まるでギャルがそうするように両腕をきゅっ、と脇を締めるようにして拳を口の前に持っていった。

「やめてくださいそういうの」

「年寄りが若者に合わせてやろうとする努力を無駄にするのかい」

「いや努力しなくていいですから」

まぁそういうことをしてしまってもあんまり違和感がないんだから、とんでもない五十代だと思う。テレビ局に魔女ってことで連絡しようかな。

「わかんないっていうのは本音だよ」

　小さく溜息をついて、榛さんは言う。

「私達は、いや馬場横町市立図書館に勤務してきた人間は代々この作業を行ってきた。そもそも何故〈話虫〉がここに現れ、物語を改変しようとするのかさえも解明できていない。できるはずないじゃないか。そうだろう？　今現代の科学で、この状況を物理的理論的科学的に説明できる学者がいると思うかい？」

「思いませんね」

　古書が、物語が、勝手にその中身を変えていく。本を開くたびにその内容が、書かれた文字が変わって行く状況を再現することなど現代の科学を以てしてもゼッタイに不可能。たぶん。

「魔法みたいですよ」

「その通り。だから私達は、経験値で物事を量るしかない。どうすれば物語が元に戻るのか、どうすれば元の世界に戻れるのか、どうすれば〈話虫〉が消滅するのか。全て実際に体験して、それを元に推測するしかない。ひょっとしたら、今回の〈話虫干〉では今までの経験がまったく通用しない事態になることだってあり得る」

「元の世界に戻れないことも」

　まぁそれはない、と榛さんは言う。

「前にも言ったが、最悪の場合は館長の松長さんが起こしてくれる。我々の身体は実質向こうの世界で眠っているだけなのだから」

　夢を。

　そう言って微笑んで榛さんは続けた。

「夢を見ているだけかもしれないんだからね」

「夢だとしたら」

　ずいぶんと幸せな夢だと思う。

「文学を愛する者としては、その物語の中で思う存分生きていけるのですから」

「まぁそういう見方もあるね」

　君の推測を聞く前に、昔の話をしよう。榛さんはそう言ってコーヒーを一口飲んだ。

　寒いとは言っても、長火鉢の中の炭はどんどん熾(おこ)っている。小さな四畳半ほどの部屋の中はずいぶん暖まってきた。

「この〈話虫干〉が始まった経緯だ」

　そもそも、馬場横町市立図書館が設立されたのは明治の四十一年。

「今、私達が過ごしている時代よりも五年くらい後になるね。和紙と織物の生産地として知られた我が町で造本が盛んになり、都となった東京から距離が近かったこともあって、イギリスの図書館の例に倣ってあの建物が建てられた。まぁそういう意味ではイギリスとは随分縁があるんだね」

「ホームズの初版だってありますからね」

そう。我が馬場横町市立図書館には世界中のファンが羨むほどの初版本が数多く存在している。

「最初に気づいたのは、昭和十二年。二代目の館長である宮下彦左と記録に残されている。宮下館長は英語に堪能な方でね。集められた数々の英国の古書をなんなく訳し、その筋の研究家の間では有名な方だった。暇さえあれば我々が寝ているあのテーブルの上に本を積み上げ、資料を作る名目で本を読みふけるまさに読書の虫だったそうだよ」

「羨ましいですね」

まったくだと頷く。

「宮下館長の日記が残っている」

「あるんですか」

にこりと笑って榛さんは頷いた。

「松長さんの机の後ろにある古い金庫。あそこに保管されているよ。そもそもあの金庫は〈話虫干〉の記録を全て保管するためのものだ」

あんなところに。

「ずいぶん不用心ですよね。誰でも近づける」

「貴重品ではないからね」

ただの図書館司書の日記でしかない。書いてあるのはまるでできの悪い小説のようなものばかり。

「世の中の誰も〈話虫干〉なんてものを信じるわけないだろう」

「そうですね。僕みたいにこうしていきなり連れて来られない限りは」

最初の〈話虫干〉は、英国文学だったと榛さんは続けた。

「トバイアス・スモレットの『The Expedition of Humphry Clinker』だったと記録にあるね。知ってるかい？」

「すみません勉強不足で」

「まぁ無理もない。日本ではまったくの無名といっていい作家だからね」

十八世紀英国の代表的な作家だそうだ。

「ピカレスクロマンという範疇に入る物語かな。それを読んでいた宮下館長は内容が変わっているのに気づいた。そしてその瞬間に」

「その物語の中にいたんですね？」

「その通り」

知恵も胆もある人だったんだね、と榛さんは言う。

「すぐさまに自分の状況を理解し、『The Expedition of Humphry Clinker』、日本では単に『ハンフリー・クリンカー』と訳されているのかな。その物語が改変されているのを必死で元の物語に戻した」

「その途端に、元の世界に戻ってきた、と。そういうわけですね」

「そういうこと」

以来、馬場横町市立図書館においてはそれを〈話虫干〉と名付けられた。

「〈話虫〉とはまぁ実に的確なネーミングだよね。宮下館長はユーモアもコピーライターとしてのセンスもあったんだろう」

何故そんなことが起きてしまうのかは、もちろん代々の〈話虫干〉を担当する人間がそれぞれに自分なりの考えを構築している。それは、松長さんの後ろの金庫に入っているそれぞれの記録を読めばわかると言う。

「じゃあそこには松長さんの記録も、榛さんの記録も入っているんですね」

「もちろんだよ」

そうして、と言って僕を見てニヤリと笑った。

「君が、〈話虫〉は〈文学を愛して止まない彷徨える人間の魂〉だとしたのもあながち間違いではない。記録を読めばわかるけど、そんなふうに表現した代々の担当者もいる」

感じることが大事なんだって言う。

「この世界で生きて、彼らが何を考え、何を感じているのかを文字通り自分の肌で感じて、自分の感覚で判断することが求められるんだ」

「わかりました」

さて、と榛さんは煙管を吹かした。トン、と長火鉢にそれを打ち付けて灰を落とす。

「君が推測した今回の〈話虫〉の正体。〈火鉢君〉は何者の魂なのか聞こうか」

「榛さんの意見も参考にしたんです」

「私の」

「前に、この〈話虫〉は物語作りが下手なんじゃないかって言ってましたよね。子供みたいに思いつくことを手当たり次第放り込んでいる感じだって」

そうだね、と頷いた。

「それでいて、文学的な素養があり、夏目漱石にも近しい人物。やたらと女性を登場させるある意味ではロマンチスト。などなどから推測すると、たぶん」

〈火鉢君〉は。

「石川啄木なんじゃないかと思うんですよ」

石川啄木。榛さんはその名前を繰り返した。

「なるほどねぇ。啄木か」

「意外ではないですよね？」

確かにね、と榛さんは頷く。

「まぁ言うまでもないことだけど、石川啄木は夏目漱石と同時代人だ。しかも、面識もある。どこまで親しかったのかは、本人たちに聞く以外方法がないからわからないけれどね」

「でも、確実に顔は合わせていたのだから、それなりに親しい仲だったとは思えますよね。同じ朝日新聞の社員だったわけだし。友人にけっこう好きな奴がいてですね、彼が言うのには、石川啄木は夏目漱石にかなり憧れていたんじゃないかって」

「ほう」

もちろん、その友人も具体的な根拠があるわけじゃないとは言っていたけど。

「啄木は小説も書いたそうですね」

「らしいね」

「本気で小説家を目指したらしいのですけど、でも、大したものじゃなかったらしい。その証拠に後年あれだけ歌人として名を成したのに小説に関しての評価はこれっぽっちも残っていない。だから、短歌には相当の才能があったみたいですけど、小説はダメだった。それを本人はかなり悩んでいたんじゃないかと」

いいねぇと榛さんは嬉しそうな顔をした。

「続けていいよ」

大した話じゃないのだけど。

「啄木は朝日新聞で校正の仕事をしていたそうですね」

「そうなのかい」

「まぁそれは上から命じられた仕事なんでしょうけど、本人はかなりそれを喜んでいた。つまり新聞に載るような小説の校正もできるわけですから、それは小説の文章修行にはちょうどいいのではないかと。あの頃ですから、小説の勉強をしようと思ったらとにかく読むことですよね」

「そうだったろうね」

「ところがですね、啄木は最初こそ給料も貰えて文章修行もできると喜んだものの、すぐになんだか飽きてしまったらしい。飽きたというか」

「諦めてしまったってことかい？」

そうらしい。いやあくまでも僕の友人の説なんだけど。

「諦めたというか、それなりの才のあった人間だろうから、感覚でわかったんでしょうね。あらためて自分には小説を成す才能がないと」

「その反面、自分の歌には自信を持っていたんじゃないのかね」

「そうなんです」

友人も言っていた。とにかく啄木の歌は破壊的な才能の為せる技だと。

「彼は考えないで歌を詠めるのですよ。推敲などまったく必要ない。その瞬間瞬間に素晴らしい言葉が歌となって出てくると。でもその反面、夏目漱石のような新しき小説はとんと書けない。彼は、夏目漱石の、あの時代にとんでもなく新しいと感じられた小説の才能に憧れ、嫉妬し、そして自分を諦めたんですね。自分には歌しかないのかと」

「しかし、生きてる間に歌集が売れて生活が楽になることなどなかった」

「まぁあの時代も今も歌人という職業だけで食っていける人などいなかったでしょうけどね」

ふぅむ、と榛さんは煙管を取り出して、煙草を詰めて火を点けた。

「それで、大した名を成すわけでもなく、金持ちになるでもなく、若くして死んでいった啄木の魂は、憧れ続けた夏目漱石を追うようになった、というわけかい」

「あくまでも想像ですけど、それを示す証拠というか、そういうのもあるんです」

「なんだい」

「まず、京子ちゃんという名前ですけど、これは啄木の娘の名前と一致しています。さらに、下宿の奥さんの節子さんという名前も、啄木の妻の名前です」

「ほう」

「さらに言えばですね、夏目先生の家に唯一いた他の人間」

「あぁ」

榛さんが頷いた。

「親戚とか言っていた子供だね」

「彼の名前の一というのは、ズバリ啄木の本名、石川一と一致しています。どうですか？　これだけ揃っていたら〈話虫〉イコール〈火鉢君〉イコール〈石川啄木の魂〉って思えませんか？」

ふむ、と榛さんは煙を吹かして考え込んだ。

「〈火鉢君〉が、石川啄木ね。顔は似ていたのかい」

「それが」

全然だった。そこだけが弱いんだけど。

「資料に残っている石川啄木の顔と〈火鉢君〉の顔は全然違うんですよ。まぁ操られているとか憑依（ひょうい）しているとかそんな感じでしょうか」

では、どうするかね、と続けた。

「まぁ〈火鉢君〉が啄木であろうと、君のやるべきことは決まっている。Kをなんとか自殺させて、この『こゝろ』を夏目漱石が仕上げた形に戻すことなんだけど」

「そうですよね。考えたんですけど、何度も言いますけど、桑島は良い奴なんですよ」

「そうだね。実直で男気があって、いい男だよ。今の日本にああいう男が少ないよね」

まったくだと思う。いや男は男らしく女は女らしく、なんて言葉が時代錯誤もはなはだしくて、むしろ差別だと問い詰められる時代だっていうのはわかってるし僕もそう思う。でも、確かに男と女は違うのだ。そこのところは、今も昔も変わりはないと思うのだけど。

「だから、そのいい男である〈K〉を、桑島を自殺に追い込むなんて真似はどうしてもできないんですよ。だから、自殺に追い込むんじゃなくて、元の状態に戻してやればいいんじゃないかと思うんです」

「元の状態？」

こん、と煙管を火鉢に打ち付けて榛さんは顔を顰めた。

「どういう意味だい」

「そのまんまの意味です。つまり、京子ちゃんは故郷に、エリーズさんも自分の国へ帰る。夏目漱石もまぁどこかに行ってもらう。そして、圖中の下宿には桑島しかいなくなる」

ふむ、と、榛さんはコーヒーを一口飲んだ。

「人間関係をオリジナルの『こゝろ』の状態まで戻してやって、そうして〈話虫〉を干してやれば自然とそこからまた物語は始まるというわけかい？」

「そうです。そこからはたぶん自然に、オリジナルのままに日々は流れていくと思うんですよ」

というこことはだね、と笑った。

「私と君も、圖中くん桑島くんの周囲から消えなければいけないってことなんだけど、それはいったいどうやるんだい？　そして、消えてしまったら、どうやって物語が元通りになったかを確認するんだい？」

「そこはまだ考えていないんですけどね。でも、もし〈話虫〉が人間の魂であるなら、同じように文学を愛する人間であるなら、僕は話してみたいんです。話せばわかるような気もするんですけど、どうでしょう？」

「話すか」

榛さんが僕を見て、ゆっくり頷いた。

「まぁ、それもありかもしれないが、どうやって〈話虫〉であると思われる〈火鉢君〉と会うんだい？　これまでの経緯からすると彼は余程のことがない限り姿を見せないような気がするがね」

「だから、彼を、〈火鉢君〉をおびき出すためにも、彼が送り込んだと思われる人物を排除していくんですよ。もし、僕が、関係ない人たちをどんどん消していけば」

うむ、と榛さんは頷いた。

「〈火鉢君〉は、君の前に再び現われざるを得ないというわけか。君と対決するために」

「そういうことです」

「おもしろい。だがどうやって京子ちゃんやエリーズさんを帰すんだね」

そこなんですけどね。

「〈話虫〉が勝手に登場人物をこの世界に送り出せるのなら、それは、僕たちにもできるってことですよね?」

榛さんは眼を大きくさせた。

「できないこともないが、今までやったことはないよ」

「余計混乱しちゃうからでしょう?　でも、混乱には、さらなる混乱ですよ。いやその混乱を飲み込んで解きほぐして快刀乱麻を断つってやつですよ」

「よくわからないが?」

「こちらで用意してやるんですよ。もし〈話虫〉の目的が夏目漱石やヘルン先生なんかに別の人生を、愉しみを与えてやりたいって思っているんならそれを満足させて、かつ、深謀遠慮を張り巡らせて一気に解決に向かわせる人物を」

うってつけの人物がいるじゃないですか。

四

朝起きると鼻の辺りに感じた空気がえらく冷たい匂いのするもので、頭が動き出す前にこれは雪が降ったのではないかと感じた。

人間の感覚というのは凄いものだと時々感じ入る。布団から起き上がった瞬間に身体を包み込む冷たい空気。「おお」と呟きながら窓の外を眺めると庭の松の木の枝に確かに白いものが乗っかっていた。玄関に続く飛び石の上にも微かに雪が残っていた。

陽差しが出ていたので、このまま直ぐに融けてしまうのだろうが確かに雪は降ったのだ。

「入るぞ」

隣りの部屋から桑島の声が聞こえ、襖が開いた。

「おお、寒い」

広い分やはりこっちの部屋の方が寒いな、と、どてら姿で背を丸めた桑島の手には炭（すみ）熾（おこ）しが握られていて、赤く爆（は）ぜる炭がちりちりと音を立てている。

「お早う」

「おう」

桑島がそのまま長火鉢に熾った炭を入れ、さらにその上に炭を乗せる。竹筒を取り出し、ふぅ、と灰を飛ばさないように炭にだけ息を当てる。さらにぱちぱちと音を立てて炭から炎が立つ。五徳の上の鉄瓶の蓋を開けて水が入っているのを確認した。こんな日は長火鉢の前から一歩も離れたくない、と、いつも桑島は言う。

「金盥でも持ってくるか」

「何故だ」

「湯気が盛大に見えた方が暖かい気がするだろう。それに風邪の予防にも湿気は良いのだぞ」

まぁ好きにすれば良いと答えた。

「晴れているようだから、直に部屋も暖まるだろう」

「そう願いたいな」

両手を広げ炭にかざして桑島が言う。大体この男も大きな図体の割りには寒がりだ。私達が生まれた故郷は東京よりも遥かに寒く雪も多いというのに。

「今日は歩きづらいな」

外をぼんやりと眺めて言うのに私は頷いた。多少であろうとも雪解けの道は、ある意味では雨上がりより歩きづらい。

日曜日の今日は、エリーズさんを連れて遠出をしようという話をしていたのだ。何処へ、という当てはなかったのだが、ぞろりと当てもなく歩き、田舎の風景を味わいたいとエリーズさんは言っていた。

お国がどこなのかは相変わらず教えてはもらえないのだが、邸宅は街から離れた郊外にあるのだという。日本にやってきてその植栽の違いを大層面白く感じたそうだ。なんでも、貴族のお嬢様であるのに拘わらず庭園の庭仕事が大好きなのだそうだ。

貴族の娘が庭仕事などをするのか、と私も皆も驚いたのだが、彼女の国では余程位の高い貴族ではない限り、家の雑事を自分たちでする事などは当たり前なのだそうだ。それはつまり、其れほど上げ膳据膳の裕福な暮らし向きでもないという事なのだろう。

この辺りからならほんの三十分も歩けば田舎の風景だ。そこここに日本の普通の風景が広がっている。植物が好きなのならば、植木屋などを訪ねてみてもいいだろう。あの辺りには広い土地に様々な植物を並べたところも多い。

「しかし、女性を引き連れては無理かもしれんな」

「そうだな」

一度家に迎えに行き、そこで新たな予定を立てた方が良いだろう。天気の良い日はまだいくらでもある。わざわざ雪解けの寒い日に出掛けるまでもあるまい。

向こうの部屋の縁側に面した障子に人の影が動いた。

「お早うございます」

静さんだった。朝飯の準備が出来たという声が聞こえて、二人で返事をした。

桑島と京子ちゃんがここにいる様子にもすっかり慣れた。京子ちゃんは静さんとまるで姉妹のように仲良くし、桑島は桑島で私より先にここに居たのではないかというぐらい大きな顔をして過ごしている。

元より、私よりも人付き合いは良い人間だ。いや人付き合いが良いというよりは如才ない人間だ。雨樋の修理や炭の用意、鍋釜の修繕まで気づいて器用にこなす。奥さんなどははっきり物言う人だから、「圖中さんより役立つ人ね」と言う。

食卓での笑い声も会話も一段と増えた。賑やかな事が好きだという奥さんはその様子を殊の外喜んでいた。

軍人であった旦那さんが亡くなって以来、この家で絶えていた笑い声は私が下宿したことで新たに生まれ、そして京子ちゃんと桑島が加わったことで大きく育ってくれて嬉しい、とうっすら涙を浮かべて私に話したものだ。

しかし、それと同時に困った事も言っていた。

あれは、ほんの十日ばかり前だったか。静さんと京子ちゃんが連れ立って糸井の下宿へ、つまり榛先生のところへお花の稽古で出掛けた時だ。向こうではエリーズさんが待っている予定だった。

桑島は花など食えやしないという男だが、むろん護衛のために一足先に糸井の下宿に向かっていた。私はまたしても風邪を引き微熱が出たために、一人家に残っていたのだ。

奥さんがお粥(かゆ)を作ってくれて、起き上がれるようなら暖かいこちらの部屋で食べるといい、と言ってくれたのでそうしていた。

奥さんが普段居る部屋は、静さんと京子ちゃんの部屋に囲まれているため薄暗いがその分暖かい。大きな長火鉢もあり常に炭火が絶えることがない。

「あれざんすね」

時折、特に私と二人きりになった時など、奥さんはすっぱな物言いをする事がある。それはどうしてなのかはよく判らないのだが。

「何でしょう」

「急に賑やかになっちまってちょっと戸惑いもあるのですけど」

「そうですね」

エリーズさんは、奥さんを随分と頼りにしているようだった。むろん英語など解さない奥さんなので、糸井の通訳を介してなのだが。

「まさか異人の娘さんと日々を過ごす事があるなんてねぇ。これからそういう時代にどんどんなっていくんでしょうかね」

「そう、なるかもしれませんね」

今すぐにではないだろう。世界の情勢に不穏な空気というものがない訳でもないと桑島は言っていた。しかし、日本人しか知らない日本人、というものはこの先確実に減っていくことは間違いないだろう。そう言うと奥さんは私の顔を見て頷いた。

「貴方たちが、新しい日本を作っていくのですね」

「さて」

そこまでのものを私が持っているとは思えないが。

「糸井のような男は、きっと臆せず世界の国々の人達とやっていけるのでしょうね」

エリーズさんの国も、決して一国人だけの国ではないそうだ。むしろ欧羅巴ではそういう国はない。日本が例外だと言っても良い。奥さんは感心したような表情を見せて私を見ている。

「静は」

「はい」

静さんがどうかしたのか。

「京子ちゃんもそうですけどね、そういう新時代を生きていく女になるのでしょう」

「そうですね」

「その三歩先に背中を見せてくれるのが」

奥さんは、ほんの少し頭を傾げた。

「貴方たちのような人であれば、嬉しいのですけどね」

一瞬判らなかったのだが、理解しても返す言葉に窮して私はただ軽く頷き粥を口に運んでいた。

そういう風に言われたのだ。いくら私が朴念仁でも奥さんが何を考えていたのかは理解できた。

果たしてあの言葉は、具体的な意図を持って言われた言葉なのか、それとも今この家に居る若い男女をひっくるめて、希望的な世間話の積りで言っただけなのか。

そうではあるまい、と思っていた。

考えれば奥さんは、何かの折りに静さんの行く末を気にする言葉を吐いていたのだ。それは、まだ下宿人が私一人の頃から。それをはしたない等とは思わない。

奥さんにしてみれば、静さんは見目も良く賢い娘だとはいえ、父親の居ない子だ。良縁など望むべくもないのだろう。とは言え、元軍人の妻として、駄菓子屋のふくばあさんに勧められる縁談に熱心になるのは誇りが許さない部分もあるのだろう。

冴えない男とはいえ、角帽を被り帝大生として過ごし、多少の財産を持ちこの先の暮らしに不安のない私などは申し分はないのではないかと考えていた。むろん私に横しまな気持ちなどはない。それぐらいの事を察する程度に世事に通じてきたという事だ。

だが、今は、桑島も居る。下宿人ではないが糸井も始終出入りしている。奥さんが、静さんを嫁がせたいと思っているのは誰なのか。

男らしくはないと思いながらも、布団に入った時などにその考えが浮かぶ事があった。京子ちゃんは、糸井に好感を持っているようだった。いや私の事だからとんだ勘違いかもしれないが、少なくとも私より糸井に向かって話しかけ、笑い掛ける事が多い。無論、一層親しくしているのは桑島なのだが、それは兄なのだから当たり前だ。男女の云々は論外だ。

静さんはどうなのだろう。糸井や桑島に対する態度と、私に接する態度に違いはあるだろうか。

一日の長が私にあるとはいえ、糸井とは榛先生という縁もあり、向こうの家で私の居ないところで話し込むというのもあったようだ。桑島とは、威勢の良さから来るものなのか、私によりざっかけなく話しかける事があるような気がする。

考えてもしょうがない事を、悶々と思うような事が増えた。

＊

朝食を済ませ、桑島と二人でエリーズさんの家へ向かっていた。

エリーズさんの順応性の高さには皆が驚いていたし、家で世話をしている下女のおこうさんと下男の三平さんも舌を巻いていた。

何せ、床に座って食事をする事にいとも容易く慣れてしまったのだ。

無論、家には、座敷には似合わない洋式のテエブルと椅子を用意してあったのだが、せっかく日本にいるのだから何もかも日本式の生活をしたいと彼女がいい、畳に正座して食事をしている。

最初の内こそ足が痺れて大変だったようだが、直ぐにコツを掴み、一ヶ月が過ぎようとしている今ではすっかり慣れたらしい。

外出の時こそ、逆に奇異の目で見られるのを避けて洋装で通しているが、家の中では着物を着ている。日本式のお風呂の習慣も気に入って、今ではすっかり入浴がお気に入りらしい。近々に熱海か箱根辺りの温泉に出掛けてみようかと話しているぐらいだ。

格子戸の門を開け、飛び石の上を歩き、ごめんください、と声を掛けた。「おーい」という下男の三平さんの声が聞こえたので、遠慮なく玄関の扉を開くと、土間に男物の洋靴が二つ。

「うん？」

桑島が眉間に皺を寄せ、私を見た。糸井ではないだろう。あいつは、冬になり足下が寒くてしょうがないと、どこで手に入れたものか革のブウツを愛用していた。

「誰だろうな」

声が聞こえてきた。あれは。

「夏目先生か？」

もう一人は？


やぁ、と声を上げたのはやはり夏目先生で、家に居るときとは違いツイィドのスウツを着こなして如何にも紳士然として椅子に座っていた。

その隣りに座った外国人の男性の顔にまったく見覚えはなかった。鷲鼻とはよく言ったものでまさに鷲の嘴のような尖った鼻に、細面。鬢油できちりと固めた髪の毛。何か病を患っているのではないかと思うほどの痩身。座っていたので身長は判らなかったがかなり高そうだった。

パイプを燻らせ、まるで子供のように眼を輝かせていた。現れた私達がまるで珍しい生物であるかのように、観察するようにじっと見つめていた。

夏目先生が続けて言葉を発しようと、おそらくはその紳士を紹介してくれようとしたのだろうが、同時に玄関から声が掛かった。糸井だった。

「遅くなってごめん」

そう言いながら入ってきた糸井は、夏目先生に眼を遣り笑顔を見せ、そして外国人の紳士に眼を向けたときにはその笑顔が一瞬だけ、何か変化した。外国人の紳士は明らかに糸井の表情の変化に気づき、そこに何かを見て取ったようだった。

それが何なのかは皆目見当もつかなかったのだが。

そして、糸井の表情もすぐに、まったくほんの一瞬で消え去りいつもの飄々とした様子に戻ったのだが。

「揃ったね」

夏目先生は今のほんの刹那、糸井と外国人紳士の間に生じた何かに気づいたのか気づかないのか、いつものように鷹揚に微笑み、煙草をぎゅっと揉み消した。

「紹介しよう。こちらはイギリスからやってこられた私の友人、シャーロック・ホームズさんだ。昨日着いたばかりなのだよ」

ホームズさんは鷹揚に微笑み、頭を軽く下げた。外国人の名前を聞き慣れているわけではないが、シャーロック・ホームズとはまた奇妙にも思える音の名前だ。

「ホームズさん、彼らが私のベーカー・ストリート・イレギュラーズです」

ベーカー・ストリート・イレギュラーズとは何か。ストリートとは日本語で〈通り〉

の事だから、ベーカー通りなのだろうがイレギュラーズとは何か。さっぱり判らない私達に、ホームズさんは微笑んだ。

「成程、少々年は喰っているが優秀そうな若者たちだ。身なりはあちらのよりは遥かに宜（よろ）しいがね」

日本語だった。多少の辿々（たどたど）しさと発音の怪しさはあるが、正しい日本語をホームズさんは喋った。

まぁ座りたまえと夏目先生は言うが、テエブルの椅子は二人とエリーズさんで一杯だった。仕方なく縁側に座り込んだがどうにも話をするのには収まりが悪い。

「どれ」

ホームズさんは快活に笑いながら立ち上がった。

「せっかくだから、日本式で行こう」

そう言って、どっかと床に座り込んだのだ。

テエブルを桑島と糸井がずらして、六人が車座になって座れるスペースを確保した。

「こういうときには日本式生活の合理性がはっきりとするね」

ホームズさんがパイプを燻らせながら言う。

「椅子では人数に足りないとどうしようもない。だがタタミの上にザブトンを用意すればこのように狭い部屋でも信じられないぐらいの人数が座れる」

実に素晴らしい、とホームズさんは言う。会話を繋ぐためのお世辞とかではなく、心底そう思っているようだ。私達にしてみればテエブルと椅子の生活は足が楽になって良い等と考えるのだが。

糸井は、日本語で喋ったホームズさんの言葉をほぼ同時にエリーズさんに英語で伝えていた。そのために、糸井はエリーズさんの隣り、そして耳元で小声で囁くために少し下がった位置に座っていた。

「桑島くん、君は柔道の達人だったね」

夏目先生に言われて桑島は頭を掻いた。

「達人は大げさですが、一応三段です」

「ホームズさんも柔道の達人なのだよ」

滞在中に手合わせしてもらえると助かるな、と先生は言う。

「身体がなまってもいけないからね。ぜひ」

ホームズさんもそう続けた。それであれば、大学の道場でいつでもと桑島は笑顔で応えたが、その瞳の奥に私と同じ疑問を隠しているのがありありと判った。恐らくは夏目先生がイギリス留学中に知り合った知人なのだろうが、日本語を流暢に操りあまつさえ柔道の達人でもあるというホームズさんは何者なのか。単に観光にやってきた外国人というだけなのだろうか。

「ホームズさんは」

私は、出来るだけ快活な好男子と思われるように明るい笑顔で訊いた。

「日本へは、観光に？」

夏目先生は我々に使命を託した。ヘルン先生とエリーズさんの動向をしっかりと確認してほしいと。そんな事を頼んだ先生なのだから、ひょっとしたらこのホームズさんも何かしらの物を腹の奥に秘めているのではないのか。

「研究の為にね」

ホームズさんは頷きながら、微笑んだ。

「私はナツメのような学問を為すための学者ではないが、より幅広く様々な事柄を研究している人間でね。それを生業としている」

「様々な事柄と言うと」

桑島が興味深げに訊いた。

「そうだね」

ホームズさんが、少しく首を捻った。

「社会現象、という日本語が適当なのかな？　ナツメ」

「まぁ、そういう風には言えるかね」

社会現象を研究する。社会学というものが存在するのならばそれを研究している人間というわけか。しかし、学者ではないと言った。学者ではなくそれを生業としているのは、何なのだろう。エリーズさんは黙ってにこやかに笑顔を浮かべながら我々の話を聞いていた。上流階級の女性というのは、洋の東西を問わずそういうものなのか。訊かれた事にはきちんと筋道立てて答えるが、男性が話しているところに自分で割って入ろうとはしない。

「すると」

糸井が訊いた。

「日本にご滞在の間は、夏目先生の家に？」

夏目先生はそうだね、と頷いた。

「我が家に来てくれたって何にも世話できないのだが、本人がそれを望むのでね」

「ホテルはつまらんですよ。周りは西洋人ばかりだ。日本に来て日本人と親しむためにやってきたのに」

どうして西洋人の集まる所に居なきゃならないのかとホームズさんは苦笑いをする。

「一人で好きに歩き回るのが僕の趣味でね。歩き回った後に熱いフロとサケがあればそれだけで良い」

その内に君たちの大学にも顔を出すかもしれないからよろしくと言う。どうやらかなり日本通の方らしい。それにしてもついこの間まで、外国人とは何の縁もなかったというのに周りにやたらと外国からのお客様が増えていく。しかも、自分と大いに係わりを持ってしまう。これは一体、どういう奇縁なのかと考えた。

「ところで夏目先生。あの一君という子供は？」

糸井が尋ねた。そう言えばそうだ。家に一人なのだろうか。夏目先生は一度頷いた。

「事情があってね。もう我が家には居ないんだよ。それより、今日はエリーズさんと何処かへ出掛けるという予定があったそうだが」

「それが」

そぞろ歩きしながら、エリーズさんが好きだという田舎の風景を楽しもうと思ったがこの雪解けの道ではどうにもならないだろう。そこで、改めてここで今日の予定を話し合おうと思っていた。そういう話をすると、夏目先生とホームズさんが顔を見合わせた。

「丁度良い。では、我々と一緒に来てくれないかね」

そう言い、先生はエリーズさんにもそう英語で伝えた。

「構いませんが、何方(どちら)へ」

「なに」

ホームズさんが、にこりと微笑んだ。

「日本の古きものが残る所へね」

*

　鎌倉の駅に降り立つのはこれで三度目だった。桑島と一緒にここまでやってきて、日がな一日海で過ごし、夜は夜で何と言う事もなく酒を飲み語り合ったのはいつの夏だったか。

「まさか鎌倉まで来るとはな」

　桑島が顔を顰めながら呟いた。

　汽車の中では四人掛けの座席にエリーズさん、ホームズさんに糸井と夏目先生。その隣りに私と桑島が座っていた。エリーズさんは車窓から見える風景にいちいち感嘆し、糸井に説明を求めていたし、ホームズさんも興味深げにしていた。

　鎌倉は日本の古き都ではあるが、見るべきものはそんなにも無いだろうと私は思っていたのだが、社会現象を研究しているというホームズさんには何かしらの目的があるのだろう。

「さて」

　ホームズさんは、その長身をぐいと伸ばして、胸を張った。

「行きましょうか」

俥(くるま)を呼ばずとも歩いて直ぐそこに目的地があるという。時刻は午後の二時を過ぎていた。帰りの事を考えるとそれほどの遠出も出来ない筈だ。

日本人が四人に、外国人が二人。やはりホームズさんの背の高さとエリーズさんの美しさは眼を引く。黒檀だろうか、丈夫そうなステッキを手にホームズさんは疲れも見せずに歩いて行く。その後ろに、エリーズさんと夏目先生が続く。糸井はエリーズさんの横についていた。桑島と私は最後尾で後ろに気を配りながら歩いていた。

『何処へ行くのですか』

糸井が英語で訊くのが聞こえた。

『もう見えますよ。あの〈萩乃屋〉という旅館です』

〈萩乃屋〉。

桑島と二人で顔を見合わせて頷いた。そこなら知っている。然程(さほど)大きくはないが、古くからある旅館で評判の良い所だ。泊まった事は無いのだが、その前を何度も通っている。

「今日は、あそこで泊まりましょう」

ホームズさんが笑いながら後ろを振り返り日本語で言った。鎌倉に行くと言った時から泊まる事もあるのかと予想はしていたが、何の準備もしてこなかった。

「大丈夫。必要なものは揃ってます」

ご婦人のものも心配ないとホームズさんは続けた。すると、最初からそういうつもりだったという事か。

「それならそれで最初から言えば良いものを」

桑島が小さな声で少し不満そうに呟いた。静さんと奥さん、京子ちゃんに遠出をするから遅くなったら泊まるかもしれないと伝えようと一度家に戻ったのだが、全員留守にしていた。滅多に無い事なので戸惑ったがとりあえず置き手紙はしてきた。問題は無いと思うが確かにそうだ。

「あの人には少し芝居がかった所があるね」

桑島の不満を受け止めて私は言った。そもそも外国人の仕草が一々我々日本人からすると芝居がかって見えるのだが、それは国民性というものだろうか。

「おい」

桑島が私の腕を叩いた。右手の人差し指が向こうを差している。

「あれは」

ヘルン先生？

何故、ここにヘルン先生が居られるのか。

私と桑島の驚きを他所(よそ)に、ホームズさんは軽く手を上げてヘルン先生に向かって手を振った。エリーズさんと夏目先生がどういう顔をしていたのかは確かめられなかったが、軽くお辞儀をしたのが判った。

しかし、我々も驚いたが一番眼を丸くしていたのは糸井だった。大袈裟過ぎるとも思えたが、まさに呆気にとられるといった風情だった。

ヘルン先生に驚いたのもそうだろうが、其れよりヘルン先生の傍らに居た人にだ。

何せ、糸井の叔母の榛先生の姿があったのだから。

あれを小粋な様子というのだろうか。鼠色の地に流水紋のような曲線があしらわれた着物は、失礼ながら年季を重ねた女性でなければ着こなせないだろうと納得させる気品があった。

「聞いてなかったのか？」

あえて訊かなくても判りそうなものだが、桑島が言うと糸井は大きく頷いた。

「まったく何も」

同じ家に住んでいて何も言わなかったというのは、何か事情があるのか。親しく話をした事はないのだが、榛先生というのは非常に面白い女性だという話はよく静さんからも聞いている。糸井も、いつも突拍子もない事をしでかすので驚かされてばかりだと言っていた。すると、これもそういう突拍子もないことの一つなのか。甥に何も告げずにいきなりヘルン先生と現れるというのは。

「どうしましたかネ。そんなに驚いて」

ヘルン先生はやぶにらみの眼を私達に向けた。講義を受けていないとは言え、学内で顔を合わせた事はもちろん何度もある。ヘルン先生は私達が集う無明池のほとりが好きで、そこでお話をさせていただいたのだ。

ヘルン先生は草臥(くたび)れた和服を着こなしいつも一人でぶらりと無明池に現れる。そうして煙管を取り出し煙草を旨そうに吸う。

どうして生まれた土地から遥か離れたこの国に、日本にやってきたのか。そして何故日本人の名を持ちこうして日本で暮らしているのか。そういうお話に聞き入った事もある。

『キミたちは、沢山沢山勉学しなさい。西洋の事はモチロンですが、自分の国であるニッポンの事をです。ニッポン人がどのような事を考えここまでやってきたのかをきちんと正しく理解しなさい。オノレの事を知らなければ、他人の事など判る筈もないのです』

少々癖のある日本語の発音で、会う度に、話を聞く度に、最後にヘルン先生はそういうような事を私達に静かな口調で必ず言っていた。

私達のヘルン先生の印象は共通していた。喩(たと)えるならば隠遁者だ。無論悪い意味ではなく、心穏やかに静かな暮らしを好む知恵ある人だ。だから、あの話には余計に驚いたのだ。この日本を愛し、心静かに暮らすヘルン先生とエリーズさんがどう結びつくのかと。どうやってキナ臭いような人物が絡んだ話に繋がっていくのかと。

「丁度、会えて良かったですネ。ワタシたちが留守中に着いていたらシツレイかと心配していました」

「いえ、とんでもない。こちらから押し掛けておいて、ご心配いただき誠に申し訳ありません」

ヘルン先生とホームズさんがにこやかにそう話す。という事は、これはやはり偶然ではなく、既に用意されていた会合という事なのだ。榛先生も含めて。

しかし、よく考えれば不思議な事ではないのかもしれない。糸井が言っていたではないか。榛先生は夏目先生の若い頃に面識を得ていたと。だとしたならば、榛先生も夏目先生に何かしら頼まれた事でもあったのだろう。それでこうして甥にも内緒でこっそりと先回りしてやって来ていたのか。むろん、ヘルン先生とどういう繋がりなのかは知る由もないのだが。


お二階へどうぞ、と宿の人間に言われぞろぞろと急な勾配の階段を上がっていった。既にヘルン先生が取っていた角部屋があり、その隣りの部屋が糸井と桑島と私の三人にあてがわれた。さらにその隣りはホームズさんと夏目先生だ。榛先生の部屋は私達の向かいにありエリーズさんが一緒になった。

私達の部屋とホームズさんの部屋は間の襖を開け放つとかなりの広さになった。そこに、仲居さんたちが三人ほど集まってきて卓を繋げる。成程、これで全員が揃って茶なりご飯なりを食べられるという訳か。

何度もこの旅館の前を通ってはいるが、こうして中に入ると中々に高級な旅館だというのが判る。何よりも造作が素晴らしいしその古びた様も良い。恐らくは江戸のかなり以前から存在している旅館なのだとは思うが、ひょっとしたら偉い人たちが泊まるような宿だったのかも知れない。

榛先生の部屋にエリーズさんが入っていき、あれこれと話をしているようだ。ホームズさんはその長身を折り曲げるようにして卓の一角に腰を下ろし、仲居さんが淹れてくれたお茶を旨そうに飲みながら夏目先生と談笑している。

私達もそれぞれに座り、顔を見合わせてから茶を飲んだ。さてこれはどういう趣向なのかを訊き出すのは誰だろうかと悩んでいたら、糸井が口を開いた。

「今回のこの旅の目的は何なのでしょうか」

はっきりとした物言いに、桑島も唇を曲げながら大きく頷いた。癇癪持ちではないが、理由の判らないものには虫が騒ぐ性質だ。もっとも相手がホームズさんなので、桑島にしてはかなり我慢をしている。

ホームズさんは、にこりと笑った。柔らかく微笑んだのにも拘わらず、まるでその笑みはどこかの美術書で見た西洋の悪魔のような笑いだった。瘦せぎすで陰が差すような頰のこけ方がそう見せるのだろう。

「何もありませんよ。単にこうしてこの素晴らしき国日本にやってきた外国人同士。交流を深めようとしているまでです」

「しかし」

我慢できないといった風情で桑島がぐい、と身を乗り出した。

「余りに趣向が凝り過ぎやしませんか。それならそうと最初から言ってくれれば驚きもしないものを」

少し強過ぎると思った口調で桑島が言う。それを聞いたホームズさんは、まるで仕掛け人形のようにぐいと背を反らせ、笑った。さも可笑しそうに。西洋人の笑いだ。日本人ももちろん高笑いをする男はいるが、西洋人の笑い方はまるで違う。

「大変素晴らしい。いや、これは君をからかっているわけではないよ桑島くん。そういう反応をする君の卑しからぬ人品が素晴らしいという事さ」

桑島は、怒っていいのかどうか判らないという顔をして私を見た。しかしそんな表情をされても困る。私もまだこのホームズさんが一体どういう人物なのか皆目見当がつかないのだから。

糸井は、静かな表情をしていた。

「これもまた、私達が頼まれた仕事の内なのですか?」

糸井が訊き、ホームズさんは笑みを浮かべながら首を傾げた。

「君達が頼まれた仕事というのが、エリーズさんとヘルン先生を繋ぐ役割だというのなら確かにそうかもしれないね」

そこで、ホームズさんは浮かべた笑みを悪戯小僧のようなそれにして、右手の人差し指を口に当てた。

「ご婦人方の準備が出来たようだ」

襖の開く気配がして、ややあって榛先生の「よろしいですか」という声が聞こえてきた。

「どうぞ」

ホームズさんの言葉に襖が音もなく開く。榛先生とエリーズさんが気楽な訪問着に着替えてそこに座っていた。

「さぁどうぞどうぞ」

あくまでも快活に、ホームズさんは二人を招き入れた。その後に続いて、ヘルン先生も姿を現した。

『どうですかエリーズさん、この日本の旅館は』

英語でホームズさんはそう訊いた。私達に気を使ってくれたのだろう。ゆっくりと発音してくれたのでどういう意味かは理解できた。

『素晴らしいです。やはり日本の建物の合理性には素晴らしいものがありますね』

『同感ですな』

　エリーズさんは夏目先生と同じく、ホームズさんともイギリスで顔を合わせていたと言っていた。だとしたら、ホームズさんの登場も向こう側からすると予定通りだったのだろう。私達が聞かされていなかっただけの話で。

*

　座敷に膳がずらりと据えられて、宴は始まった。音頭を取ったのは中でも一際陽気に振る舞うホームズさんだ。

「それでは、皆さんの健康と益々の御発展を祝して、乾杯」

　一体その流暢な間違いのない日本語と日本の風習はどこで覚えたのだろうと感心してしまう。発音などはもう長年日本で暮らすヘルン先生よりはるかに上手な、いや眼を閉じれば日本人が喋っていると思える程だ。

　正直、どうなるのだろうと思っていた。

　これが私と糸井、桑島と夏目先生とホームズさんだけなら宴は盛り上がるだろう。下らない話はもちろん、英国と日本のこれからを桑島が熱弁を振るう中に糸井がその知識を滑り込ませ、ホームズさんと夏目先生が機知に富んだ受け答えをしてくれるだろう。榛先生が居たとしても、酸いも甘いも嚙み分けた女性の筈だ。そういう盛り上がりの中に一輪花を添えてくれるだろう。

しかし、ヘルン先生は物静かな学者だ。エリーズさんも無論積極的に話をするわけではないし、日本語で捲し立てては訳が判らなくなる。とはいえ、彼らが英語で普通に話してもらっては私と桑島が追いつかなくなる。

ホームズさんは単に友好を深めるだけだと言っていた。エリーズさんとヘルン先生を繋ぐだけだというのなら確かに意味はある。意味はあるが、其れだけのためにこれだけの舞台を整える意図がまるで摑めない。

単に外国の方々にはそういう習慣があるだけなのだろうか。舞踏会というか、パアテイというものを催すという事なのだろうか。

何かが、私の頭の中でちらちらと動いていた。

それが一体何なのか正体が摑めない。頭痛とか予感とかそういうものでは決してない。まるで影法師が格子の隙間から私を嘲笑っているかのようだ。

この感覚はあれだ。時折糸井に対して思うあの不思議な感覚と似たようなものだ。巧く言葉に出来ないのがもどかしい。しかしそれは、ホームズさんと出会った時からずっと蠢(うごめ)いている。

「ところでホームズさん」

糸井がひょいと首を伸ばしてホームズさんを見た。

「ホームズさんの研究というのはどの様なものなのでしょう」

「ふむ」

ホームズさんは少し首を傾げた。

「そうだね、日本語ではどのように表現すればいいのか。喩えばヘルン先生はこの日本で、日本の昔話を数多く採集していらっしゃる」

ヘルン先生は頷いた。

「其れは言い換えれば、日本人の心の有り様を調べているのと同義だろう。人の営みによって生まれた物語を分析すれば、そこに現れるのは人の思考や嗜好というものだ。そこから心の有り様が見えてくる。そうだね？」

ホームズさんは順番に私達の顔を見ながら話をする。ちょうどその時に眼があった桑島が、うむ、と大きく頷いている。確かに理屈は判る。

「私もそうなのだよ。私の場合は昔話でなく、現在進行形の、ロンドンに暮らす様々な人々の起こす物語を採取し研究している。つまり、そこから様々な人々の行動理論や規範が見えてくる。私の場合はヘルン先生の様に昔話ではなく、犯罪だがね」

犯罪。

「圖中くんは、犯罪者、その国の法を犯してしまう人間のことをどう思うかね」

ホームズさんが私に訊いた。

「犯罪者、ですか」

「そうだ」

考えた事もなかった。

「我が国における司法制度、いや元より諸外国のそれについても生憎とほとんど明るくはないのですが」

「単純な発想で良いよ。人としてやってはいけない事、というのはどの国でもそれほど極端に変わるものではない。それを法的に整備した際にお国柄というもので確かに千差万別にはなるがね。我がイギリスはもちろん日本も今や産業文明という同じレエルの上を走る先進の国だ。人の心の有り様というものも似通ってくるだろう」

確かにそうかもしれない。しかし、ホームズさんというのはどういうお人なのだろう。こうして話しているだけで、静かに静かに相手を自分の持つ雰囲気に包み込んでいく。威圧感という表現は当て嵌まらないかもしれないが、それと似たような雰囲気を周りに発散していく。

「判りやすい例を挙げるならば、日本においては、ほんの何十年でもない以前には〈仇討ち〉というものがありました。親を殺された子供が、その殺した相手を手に掛けても良いというものです」

ホームズさんが大きく頷いた。

「西洋にも〈決闘〉というものがあるね」

「しかし、何の理由もなく人を殺すという事は大罪でしょう。人は生きる為に存在するのであり、生きる権利を持ちます。何人たりともその権利を侵す事をしてはいけないはず。それを平気でしてしまうような人間は、まさしく人で無しというような感覚を持ち合わせています」

むろん、殺しても飽き足りないという人間が居るという事も承知の上だが。

「まさしく、そこなのだよ。私が生涯掛けても追い求めたいと思っているのは」

ホームズさんは、お猪口に酒を注ぎ、一口飲んだ。旨そうに顔を綻ばす。

「人を平気で殺すような人間は確かに存在する。激情に駆られるでもない、相応の理由があるわけでもない。犯罪というものを愉しみと捉え、その完璧な遂行のためにはまさしく虫けらを踏みつぶすがごときに人の命を奪う」

一度言葉を切り、ホームズさんは微笑みご婦人方に顔を向けた。

「食事の際に、ご婦人方を前にしてするような話ではないね。申し訳ない」

榛先生が、微笑み返してこくんと頷いた。

「どうぞ。大変興味深いですわ」

エリーズさんも同じように頷いた。

「そういう人間は、何故そうなったのか。必ず何か理由があるはずなのだ。犯罪者を、犯罪を愉しむような人間を作り上げた何かがね。私個人としてはそういう人間の闇の部分は、憎むべきものではなく研究対象なのだよ。そして、研究対象がなくなってしまっては生きていく張りもなくなってしまう。従って、ロンドンの警察が優秀になり過ぎて全ての犯人を捕まえてしまわないように祈っているぐらいだよ」

ホームズさんは高笑いをする。むろん、それはこの宴席の場を考慮したジョークであろうことは判るが、半分本音でもあるのだろうなと私は理解した。

そういう人間は居るのだ。いや、そういうような心持ちは人間誰しも持っているものなのだ。自分の愉しみのためになら、他人が不幸になってもやむなしと思ってしまうような心は、人の胸の内に確かにある。

洋の東西を問わず、昔から言うではないか。他人の不幸は蜜の味と。自分が幸せな状態であるならば、他人の不幸は己の良き状態を計るものでしかない。

「つまりそれは」

一瞬、皆がそれぞれに何かを口に運んだ一瞬だった。私は芋の煮付けを頬張っていた。榛先生がヘルン先生に向かって言ったのだ。

何故そんなイメェジが頭に浮かんだのか判らないが、まるで槍の穂先が皆の眼前の空気を切り裂いて一直線に向かっていったかのようだった。別段声を荒らげたわけでもなく、榛先生は笑みを湛えながら普通に言葉を発しただけだったのに。

「ホームズさんもまた、ヘルン先生と同じように日本人の心の有り様に興味があるということになりますかね」

ぽん、とホームズさんが、我が意を得たりという具合に腿の辺りを叩いた。

「正にその通りです。私はこの国が大好きなのですが、それは西洋人に比べて精緻な心の有り様を持つ日本人の精神に興味があるからと言えますね」

そうなのか、ホームズさんはそういう風に日本人を捉えているのか。

「日本人と西洋人、と言うと余りに範囲が広過ぎるかもしれませんが、心の持ちように大きな違いは在るのでしょうか」

榛先生が続けて訊いた。喋っている最中にホームズさんにも眼を向けたので、両方に問うたのだろう。

ふむ、という風にヘルン先生は頷いた。

「ワタシは在ると考えますネ」

言いながら箸を置いた。

「ニッポン人には、〈情〉が在ります。そのニッポン人の〈情〉を一言で正確に英訳する事はなかなか出来ませんネ。たくさんの言葉でないと伝えられないモノが、ニッポン人の中にあります」

『だからこそ』

おや、と、思わず身体が動いてしまった。エリーズさんだ。このように会話に入ってくるのは珍しい。

『ハーン先生は日本の昔の話を集めているのですね。それこそが日本人の〈情〉というものを的確に表現しているものだとして』

多少判らない単語はあったものの言いたい事は私にも理解できた。エリーズさんの言葉に、ヘルン先生は頷いた。

「そうですネ。残念ながら、昔のニッポン人が持っていたモノ、どんどん失われていきます。其れは、しょうがない事でしょう。ニッポンが西洋文明を取り入れ、独自の文化を捨てようとしているのは、時代の流れなのでしょう」

ヘルン先生は、いつも私達に言うように続けた。

「それでも、ニッポン人の根っこ、変わりないはずです。私が集めたお話、いつかまた、ニッポン人の心、戻ってくるはずです」

まったくヘルン先生はどれだけこの日本を愛してくれているのかと、いつもながら感心し、同時に日本人として恥ずかしく思う。

確かに今、この時代、我々は西欧の文化に驚き、その素晴らしさに触れ、私達もこうあるべきだと真似ている最中なのだ。世の中がどんどん便利になっているのだ。しかし、糸井も何時（いつ）か言っていたが、便利さを求めるとそれと同時に失われていくものもあるのだ。その失われたものの中には、実は大切な物もあるはずなのだとヘルン先生はいつも言う。そういう事をきちんと考える人間が、国を導いていかなければならないのだと。

ホームズさんも、ヘルン先生の話に大きく頷き、榛先生に向かって言った。

「ヘルン先生と私は、方向性はまったく違えど、人間の営みというものに、その営みから紡ぎ出される物語というものが大好物な人間なのですよ。私はね、榛先生。日本人とイギリス人はその根本的なところで似ている所があると考えますよ」

「そうなのですか？」

「実は日本人の男性もイギリス人の男性も、基本的には女性に対して奥手なのです」

そう言ってホームズさんは大きく笑った。ジヨオク交（ま）じりだったのだろう。皆がそれに同調して笑顔になった。

「どちらも女性に対してそっけないという側面がありますが、それは裏を返せば女性が怖いのですよ」

「成程、確かにそうですね」

榛先生は何故か私と桑島と糸井を順番に見つめた。

「此処にいる若い男性の方々も、女性と肩を並べるだけで緊張してしまって、足早に何処かへ行ってしまいますからね」

叔母さん勘弁してください、と糸井が言い、またさらに場は笑いに包まれた。皆の箸が進み、徳利が動き、煙草の煙が舞った。興味深いホームズさんの話を聞いてようやく場が温まったという感じがあり、それぞれに会話が進み出した。

エリーズさんは榛先生に料理の名前を訊き、夏目先生はヘルン先生に最近集めた話を尋ね盛んに頷き、ホームズさんは私と糸井に日本の大学校の様子を訊いた。柔道にも精通しているというホームズさんが桑島に技を尋ね、桑島がそれを私相手に実演しようとして皆が笑った。誰彼となく席を移り、あれやこれやと話をし、誰かが少し大声で皆の気を引けばそれに皆が応えて笑い、話を弾ませた。

「いや、楽しい」

私の横に来ていた夏目先生がふいに小さな声で言った。見ると、お猪口を持ち心底嬉しそうな笑顔を湛えている。

「楽しいですか」

うむ、と頷き、その笑顔のまま私を見る。

「実に良い。こういうのが、良いね」

こういうの、とは宴の事だろうか、それとも、今まで胸襟(きょうきん)を開くまでに至らなかった関係がこうして進んでいく事かあるいはその両方か。尋ねようと思ったのだが、問うのは野暮と思われた。

夏目先生は本当に幸せそうな表情を見せていたからだ。人が幸せな思いに浸っている時に何故と尋ねるのは野暮を通り越して無粋だろう。

「ヘルン先生」

夏目先生が一つ置いた向こうにいたヘルン先生に声を掛け、お猪口を少し掲げて見せた。

「愉快ですな」

「いや、まったく」

ヘルン先生も静かに微笑んで頷き、皆を見回した。丁度皆銘々の会話が一瞬途切れ、そのヘルン先生の視線に気づいた。

「楽しいですネ。ワタシは」

ヘルン先生は、ほんの僅かに目線を下に向け、どこか淋しげな笑みを見せた。

「こういう事に至極憧れました。色んな国の人と楽しく過ごす事を。ワタシは、色々な人と出会い、たくさんの話を聞いてきました。新聞記者という職業柄もありました。ましてや、多くの場合ワタシは紀行文のようなものを書いていた所為もあります」

また煙管に煙草を詰め、火を点けた。

「変な話、してしまいますけどネ、ワタシの左眼、見えないの、知ってますネ？」

　私に向かって言ったので、頷いた。ヘルン先生の左眼は義眼だ。

「でもですネ。そうやって長くいろんな人に出会い、話を聞き、集め、文章にしたためている生活の中でですネ、左眼に何かが見えるようになってきたのですヨ」

　見える？　義眼なのに？　先生は煙草を吹かし、煙を吐いて微笑んだ。

「闇が見えるようになったのですネ」

　闇が見える。

　ヘルン先生が吐いたその言葉の底知れぬ重さのようなものに、その場にいた全員が背筋を伸ばしたような気がした。

　しかし、闇が見えるとはどういう事か。

　確かに、眼を閉じればそこに在るのは闇だ。片眼を瞑(つむ)ってみれば判るが、その場合は闇とは思わない。単に見える範囲が狭まっただけのこと。それも顔を動かせば見えてくる。まったく見えなくなるという訳ではない。闇、などと大袈裟に意識することもない筈だが。むろん、遠近感が上手く摑めないというのはあるのだろうが。

「自分でも上手く表現することは出来ないのですがネ。単純に暗いとかそういうのでは無く、そこに在るべきものではないのに、それが見えるように感じて来たのですよ」

「見える、とは」

桑島が訊いた。

「先程先生は闇が見えると言いましたが、本来、闇とは見えぬもの」

「そう、其処なのですヨ」

「其処、とは」

ヘルン先生はそこでにこりと微笑んだ。

「退屈ではないですかネ。こんな話」

皆の顔を見回すと、とんでもない、と榛先生が言った。

「大変興味深いお話です」

「そうですか」

小さく頷き、ヘルン先生は続けた。

「物が眼に見えるというのは、光があるからですネ。圖中くん判るでしょう」

「判ります」

太陽であれ蠟燭（ろうそく）であれ電気であれ、光さえ当たれば、其処に在る物は眼に見える。

「夜になってまったく光が無くなってしまうと、暗闇です。其処に何があっても見えなくなりますネ。でも、どうでしょう桑島くん」

「はい」

「まったく光のない状態というのを、経験したことありますかネ」

真の暗闇ということか。桑島は少し首を傾げた。

「恐らく、殆ど無いですね。無論夜中に両眼を閉じれば、光も感じずまったく見えなくなりますが、そういう時には普通は寝ようとしている状態ですから困る事も意識する事も無いのでは」

「そうですネ。仮に月のない晩に外に出ても、星の薄明かりはあります。鼻を抓まれても判らない暗闇というのではない。微かに微かに其処に何かがあるのは見えるのです。つまり人間は通常の状態であれば真の暗闇を感じるということは殆ど無いのですヨ」

「眼が見えない人間ならば」

桑島が言うとヘルン先生は頷く。

「それでも、強い光は感じる人も多いそうですヨ。ですから昼と夜の区別はつくそうです。無論まったく光さえも感じない方もいるそうですが、そういう人は別の感覚が発達するそうですネ」

それは、聞いた事がある。聴力とか嗅覚、あるいは肌で感じる感覚。両眼が見えなくなってしまった人たちはそういうものに敏感になり、それが視覚の役割を果たすとも。

「そもそも眼が見えないのであれば、光のない状態とある状態の区別も出来なくなってしまいますから、真の暗闇かそうでないかは関係なくなってしまいますネ」

確かにそうだ。

「ちょっと話が逸れてしまいましたが、つまり、光が当たっているモノは必ず見えるはずなのですネ。其処に在るモノ、つまりこの世界に在るモノは、光さえ当たれば必ず見えるのです。ところがですネ」

ヘルン先生が見えない方の眼を、私に向けた。

「こうすると、ワタシには圖中君の姿が見えなくなります。けれども圖中くんは其処に存在し光に当たっているから他の人には見える。つまり存在しているはず。しかしワタシには見えない。見えないから、ワタシにとって圖中くんは存在しなくなってしまうのですヨ。判りますネ?」

頷いた。が、私のその頷きもヘルン先生には見えない。

「今、この角度で見ているワタシには、この部屋に存在していると眼で認識できるのはホームズさん、桑島君、糸井君、夏目先生、榛さん、エリーズさんだけなのです。圖中君は、この世界に居ません」

途端に、私の身体が震えた。ぶるっ、と、まるで冷たい空気がいきなり背中に忍び込んできたかのように。

この世界に居ない。その言葉が耳から入ってきた瞬間にまるで氷になって体中に砕け散ったようにも感じた。

この感覚は、あれではないのか。

何度も何度も感じているあの感覚。言葉に出来ない、もどかしいもの。

糸井や榛先生に感じる、何かと同じような感覚。

「そこに」

ヘルン先生の言葉で我に返った。

「ワタシは闇を感じてしまうのです。見えない圖中くんが、まるで闇の中に浮かぶ影のように感じるのですヨ。そうしてその影には色んなものが詰まっているのです」

「色んなものとは？」

思わず問うた。ヘルン先生は顔を私の方に向けて微笑んだ。

「おかしな喩え話で名指ししてごめんなさいネ。圖中くんは、何度かは学内で顔を合わせていますが、今日初めてこんなに話しましたネ」

「そうですね」

「ワタシは圖中くんの個人的な事をまるで知りません。でも、こうして圖中くんの姿をワタシの眼の闇の中に置いてしまうと見えるのです。圖中くんの淋しさが」

淋しさ、とは何だ。

「圖中くん、きっと誰か信じている人に裏切られましたネ。それで、少し人間嫌いになってしまっている。それは人を嫌いになったのではないですネ。人を信じられなくなってしまって淋しいのですよ。淋しがっている自分が嫌でそれを隠そうとしている」

なんと。背中に嫌な汗がじわりと滲むのを感じてしまった。今、ヘルン先生は自分が決して思い出さないようにしている事を、言い当ててしまわれた。

「占いとかではないですヨ」

にこりと笑った。

「それに、特別な事でもないのだと思います」

「そうですか？」

桑島がずいと前に出た。私が誰に裏切られどういう思いを抱いているのかをこの中で知っているのは桑島だけだ。

「そうですヨ。桑島くんは、圖中くんと付き合いが長いのでしょう。だから圖中くんの色んなことを知っているし聞いてもいる。それと同時に、感じるでしょう？　圖中くんがどういう風に感じているかとかを、察する事が出来るでしょう？」

確かに、というように桑島は大きく頷いた。

「時間を掛ければ察することが出来るのを、ワタシは時間が掛からずに感じるようになったというだけです。しかも、細かい部分までは判らない。ただ何となくそう思うというだけですネ。それこそ」

そこで、黙って話を聞いていたホームズさんの方を向いた。

「彼が得意としている骨相学や論理的な推理の方が、ワタシが見る闇の中の思いより遥かにその人の多くの事を知り当てることが出来ますよ」

只、と、ヘルン先生は少し下を向いた。

「ワタシが闇の中に見るのは、その人の淋しさだけです。其れしか判らないのです」

「それじゃあ」

榛先生がゆったりとした口調で言った。

「先生が日本の不思議な話を集めていらっしゃるのも、そういう〈淋しさ〉というものがそこに込められているからなのですね。其れをヘルン先生は追い求めていると」

そういう事なのです、と、ヘルン先生は微笑みながら頷く。

「淋しさを追い求めるからこそ、余計にこういう楽しい事、好きなのですネ」

不思議な話だ。

結局先生が何を言わんとしているのかはよく判らなかったのだが、別段難しい比喩で語っているのではなく、単に事実を事実として話しているだけなのだと思えばそれでいいのだろう。特別な力を持ったという話ではなく、自分にはそう感じてしまうのだ、だからワタシは日本に住んで日本人となり、大好きなそういう話を集めて研究しているのだと。

「面白いですな」

ホームズさんは大きく頷く。

「人間とは、いや人生とは結局そういうものなのでしょうな。光と闇、淋しさと楽しさ、苦と楽。両極端のものを携えその間の薄明かりの、あるいは薄暗闇の、そう、誰そ彼時の中を歩くようなものなのでしょう」

皆がゆっくりと頷いた。正しくそうかもしれない。

「それは何処の国の人間だろうと、変わりがないでしょうな」

4

本当に、寝て起きた瞬間みたいだった。それも寝ぼけながらの起床じゃなくてもう起きた瞬間に頭がはっきりしている最高の目覚めみたいな感じ。

眼の前に松長館長がニコニコしながら座って、アイスコーヒーを飲んでいた。思わず隣りを見ると榛(はしばみ)さんは何事もなかったようにペットボトルの水を飲んでいた。

「糸井くん、大丈夫？」

「あ、はい」

松長さんが、うんうん、と頷いた。

「喉が渇いているでしょう。飲んだ方がいいよ。脱水症状を起こすから」

そう、めちゃくちゃ喉が渇いていた。どういう理屈かはわかんないけど、〈話虫干〉に出ているとかなりの水分を失うそうなんだ。眼の前にあったペットボトルを手に取ってごくごくと飲む。めっちゃ旨い。相当喉が渇いていたんだ。

ふぅ、と溜息をついて一息ついたら、ひんやりとする倉庫の空気が急に肌に馴染んできた。窓の向こうにはいつもの風景。遠くから蟬の声も聞こえてくる。

帰ってきたんだ。現実の世界に。

「僕たちを起こしたんですか？」

「そうだよ」

松長さんは軽く頷いた。時計を見たら、僕がここに来て榛さんから説明を受けていた時間から三十分も経っていない。

びっくりだ。向こうの、『こゝろ』の中の世界ではもう何十日も経っているのに。

「滅多にしないことだけどね。少々打ち合わせした方がいいみたいだったから。予想外のことが起きているようなんだ」

「予想外ですか」

そもそも向こうの世界では何でも予想外だけど何があったんだろうと思っていると、榛さんは机の上にあったあの白紙の本を開いて読んでいた。

〈トレーサー〉だったっけ。そして『こゝろ』の初版本と照らし合わせている。

「なるほど、これは不思議ですね」

「でしょう？」

二人で頷き合ってる。なんですかなんですか。

「読んでごらん。ここのところ」

榛さんが『こゝろ』を僕の前にそっと置いてページをめくった。

「うわ」

びっくりだ。『こゝろ』の中に僕の、〈糸井馨〉の名前がある。いやそれはあたりまえなんだろうけど。

「本当に、これって僕らのことも書かれてしまっているんですね」

「ちょっと感動するだろう? 自分の行動や台詞がそのまま物語の中に書かれるって」

榛さんがにやりと笑った。本当だ。なんか、いやどうせこれは消えてしまうもの、違うか、消さなきゃならないものだってわかってるけれど、僕が『こゝろ』の中にいるって、なんかじーんと来る。

「でも、そこじゃなくて、ここ読んで」

松長さんが示したところには、圖中のモノローグ。

〈そうだ、こうして思い出そうとしても、まるで夕霧の中に入り込んだように何もかもが朧げに、儚げになる。糸井と私達は、何時どのようにして親しくなったのだったか。初めて会ったのは何処でだったのか。

糸井馨。

君は、本当に私の学友だったか？

いや、君は、この世の人間なのか？〉

「え？」

これは、なんだ。思わず顔を上げたら松長さんも榛さんも渋い顔をしていた。

「圖中くんは、何というか、本能的に私達の正体に気づいているみたいだね」

榛さんが言うと松長さんも頷いた。

「まったく不思議です。物語の登場人物が、神の側の、書き手あるいは読み手の私達の存在に気づいているってわけですから」

「えーと」

それは、どういうことなんだ。物語の登場人物が、デバッガー、あるいは読者の僕たちの存在に気づいているって。わけがわからない。

でも、読み進めていくと確かに要所要所で圖中が僕や榛さんの存在に何か感じていることがわかる。

「桑島くんもそれに同調している節があるね」

榛さんが言う。

「それは、あれですか、ひょっとして圖中も桑島も、なんて言えばいいか」

そうだ。

「この物語の中では僕や榛さんや、〈話虫〉のような存在になってしまっているってことですか？　異質なものに」

松長さんが、うん、と頷いた。

「どういうものかはわかりませんけど、〈異質なもの〉というのは、正にそういうことでしょうね。普通ならば、ただの登場人物がこんな疑念を抱くはずがないですからね」

「まさか、あいつらが〈話虫〉の正体ってことはないですよね」

それはない、って二人とも口を揃えた。

「主要登場人物が〈話虫〉であったら、そもそもこの物語自体の存在がおかしくなってしまいますからね。大袈裟に言うと歴史が変わってしまう」

そうですよね。

「さて、これは、どうしましょうね」

松長さんと榛さんが顔を見合わせた。

「このまま進めると遅かれ早かれ、圖中くんはこの疑念を口にするでしょうね。それを誤魔化しても否定しても肯定しても」

「も？」

どうなってしまうんだろう。訊いたら松長さんは首を捻った。

「まったく見当も付きませんね。ホームズを登場させるという飛び道具を使って〈話虫〉を慌てさせるというのは良い手だと思ったんですが、はてさてここから何が起こるのやら」

渋い顔をしながら榛さんはトレーサーと初版本を読み進めている。僕も覗き込んでそれを読んでいたんだけど。

「あれ？」

「どうしたね」

「ちょ、ちょっと待ってください」

圖中が変なことを言っている。いや、書いてある、違ったやっぱり言ってるのか。どうも混乱する。

〈桑島が小さな声で少し不満そうに呟いた。静さんと奥さん、京子ちゃんに遠出をするから遅くなったら泊まるかもしれないと伝えようと一度家に戻ったのだが、全員留守にしていた。滅多に無い事なので戸惑ったが取りあえず置き手紙はしてきた。問題は無いと思うが確かにそうだ。〉

「これは、変です」

「何がだい」

「この場面、僕も一緒に下宿に行きましたけど、静さんも奥さんも京子ちゃんもいましたよ。一緒に行きたいわって静さんも京子ちゃんも言ってました。それをさりげなくかわすのに僕は必死だったので覚えてますよ」

「本当かい？」

榛さんが顔を顰めた。

「間違いないです」

ふぅむ、と松長さんは腕を組んで考え込んで、榛さんは指を折り始めた。何かを考えているんだ。

「なるほどね」

「何がなるほどですか」

榛さんがにいっと笑った。何か、イタズラを思いついた子供みたいに。

「馨ちゃん」

「いやですから止めてください」

「ひょっとしたら、君の望みが半分叶うかもしれないよ」

「え？」

望みが半分？
って、何だ？

五

糸井の祖父と父親が同時に倒れたという電報がやってきたのは、鎌倉から戻ってきた翌朝のことだ。

この時期にしては妙に暖かい日で、窓を開けてもその涼やかな空気が心地良いというぐらいの日。ちょうどそのとき糸井は私の下宿にやって来ていて、火鉢を囲んで京子ちゃんと静さんも交え、以前に糸井が観たという活動写真の話をしていた。そこに糸井の叔母である榛(はしばみ)先生の声が玄関の方から響いたのだ。

「珍しいね」

榛先生がこの家にやって来るのは、静さんと今は京子ちゃんも一緒に習っているがお花の稽古のときだけだ。糸井が首を傾げながら出ていき、そうして二人で部屋に戻ってきた。

「どうした」

「電報が来たんだ。実家から」

糸井はそれを手にして、広げようとしていた。神戸の方で大層大きな呉服店を営んでいるという糸井の家。何があったのかと、皆が糸井の手元を見つめていた。無論、それのみではないが、電報での知らせは急な知らせ、つまり悪い出来事である場合が多い。

「えっ？」

電報を読んだ糸井の表情が変わった。

「どうした」

「父と祖父が危篤らしい」

「何だって？」

思わず皆で腰を浮かせた。榛先生の表情にも険しいものが表れた。

「お二人とも？」

静さんが驚いた声を上げる。

「どういう事だ！」

桑島が糸井の手から電報を取り上げ、読んだ。

「〈ソフ、チチ、キトク。スグ、カエレ〉」

「いやこれじゃあ何も判らんな」

「危篤というからには其れなりのものなのでしょう。私は直ぐに支度をしますよ。あなたは奥さんに挨拶してから来なさい」

榛先生は落ち着き払った様子でそう言い、くるりと背を向け玄関に向かった。糸井も頷き、私達の顔を見回した。

「帰ったら状況を電話で知らせるよ。そうだな申し訳ないが夏目先生の家に電話するのが良いかな」

「夏目先生か」

確かに。この辺りの知人宅で電話を掛けられるのは夏目先生の家が一番近い。

「これから神戸に向かっても、着くのは真夜中になる。悠長に電話を掛ける時間はないかもしれないし、ご迷惑を掛けるのは申し訳ないから明日の朝七時に電話するよ」

「そうだな」

桑島が頷く。

「圖中」

「うん」

「兎に角、そういう訳なので大学の方へはよろしく伝えてくれ」

「判った。任してくれ」

糸井は小さく頷き、部屋を出ていった。

「気をつけろよ！」

桑島の声に、軽く手を上げげた。

「何かお手伝いはしなくてよろしいでしょうか」

静さんが心配そうな顔をして言う。

「大丈夫だろう。あの榛先生が一緒なんだから」

「そうだな。それに何か手が必要なら直ぐに言ってくるよ。近いのだから」

うん、と頷き桑島は襖を閉めた。少し冷えた部屋を見回して、どっかと火鉢の傍に腰を据えた。それに、私も静さんも京子ちゃんも倣った。

「何があったのでしょうね、二人一緒なんて」

「とりあえず病気がちだとかの話は聞いたことないな」

「そうだね」

「お祖父様は、失礼ですけど高齢でいらっしゃるでしょうから、病に倒れるという事も」

京子ちゃんが言い、桑島も頷いた。

「有り得るな。しかし父親も同時に危篤状態になるなんて事態は、例えば」

懐手をして、上を向いて考え込んだ。

「汽車や電車の事故とか、自動車の事故に巻き込まれたとかか。神戸にも電車は走っているのか」

「判らないな。でも車の事故は可能性としてはあるだろうね」

裕福な呉服屋と聞く。自動車の一台や二台所有していてもおかしくはないだろう。

「火事なら、火事と言ってきますよね」

静さんが言う。確かにそうだ。

「まぁしかし、ここであぁだこうだ言っていても始まらんな。明日の朝を待つしかない」

桑島が言って、皆が頷いた。


夜になってまたぞろ冷え込んできた。糸井の件があり、まるで通夜のような静けさの中での夕食を終えると、桑島と二人部屋に閉じ籠り、本を広げたりしていたがあまり頭の中に入ってこなかった。

桑島は火鉢に覆い被さるようにして暖を取り、煙草を吹かしていた。

「圖中」

「うん」

振り返らずに答えたが、その後に桑島の言葉が続かなかったので、ゆっくりと振り返った。桑島は何かをじっと考え込んでいる様子だった。

「何だ」

「思えば、糸井は不思議な男だな」

何を言い出すのかと思えば。私は座布団ごと桑島に向き直った。

「何故、急にそう思ったんだ。何処が不思議なのだ」

いや、と、頭を振り苦笑した。

「俺はな、何故だか時々思うんだ。あいつと出会ってからの俺は、性格が変わったのではないかとな」

「性格がか？」

「そう思わんか。お前は、小さい頃からの俺を知ってる。俺は大学で糸井と友人になってから性格が変わったように思えないか」

さて、と私も頭を傾げた。

「お前は昔から声は大きかったがな」

「それは性格じゃねぇだろう」

「いや、性質だろう。現に僕は声が小さいから気も弱いと思われている」

まぁ、そうか、と桑島は頷く。それから煙草の煙をぷかりと吹かした。

「糸井に会う前の俺はな、何というか、もっと世の中や人間というものを斜に構えて見ていたような気がするんだ」

「そうか」

そう言われてみればそうかもしれない。

「あるいは、どう言えばいいかな。ペシミストとでも言えばいいのか。現実主義とでも言うか」

「うん」

桑島はまた苦笑いした。

「俺は、糸井のあの軽みはどうしても理解できん」

「軽み、か」

「飄々とした、という感じではあるのだが、その言葉だけでは表現できない。もっとこう、何というか、この国に居るのがおかしいと感じる程の軽みだ。日本人ではないような雰囲気だ」

そうだ。それは私も思っていた。彼が時折口にする種々様々な物の見方や考え方は、私達の理解の範疇を超えている。いや、超えるなどという物ではない。

「全く別の次元から眺めているような言い方をする」

「おう、それだ」

桑島は、ハタと膝を打つ。

「遥か上から、というのではないんだ」

「うん、そうだ」

「我々には理解できん場所から見てるような感覚。それが、軽み、というものに繋がっている。達観ともまた違うんだがな」

もしこの世に、と、桑島は続けた。

「仙人というお方が本当に居るのならば、それは糸井のような男ではないかと思うぞ俺は」

「あぁ」

それは言い得て妙かもしれない。

＊

手拭を湿らしきゅっと硬く絞り、それで顔をごしごしと拭いた。冷たい水の感触が掌から顔の皮膚からじんと染み込んでくる。まだ少し寝惚け気味だった脳天の先にまでようやく目覚めの血が通ったような気がして、あぁ、と声が出る。

「おい圖中、急げ」

「ああ」

神戸に帰った糸井から電話が来るのが七時。律義な男だから時間は絶対に守るはずだ。しかし二人してうっかり寝過ごしてしまいそうになったのだ。朝ご飯を食べるのもそこそこに私と桑島は夏目先生の家へと走った。電話を受け損なってしまっては糸井に申し訳が立たない。

外の空気は凜として冷えていた。外套を着込み首を竦めながら格子戸を開けて一歩踏み出した桑島は、そこで立ち止まり空を見上げた。釣られて、私も見上げ、一瞬言葉を失ってしまった。

空が青い。

いや、それは当たり前か。ほとんど雲のない青空が青いのは当たり前なのだが、その青の色の異質さに思わず眼を瞠ってしまったのだ。

「おい」

桑島が空をぐるりと見渡しながら言う。

「うむ」

そう唸るように答えるしかなかった。

「これは、何と表現したらいい色なのかな」

「奇妙な空だな」

青には違いないのだが、そこにもっと違う微妙な色が重なったような。まるで他の色の薄くついた磨りガラスを通して見ているような感覚なのだ。明暗がまるで気が触れたようにくっきりとその輪郭を残すような。

「歌人や詩人なら情緒豊かに表現できるのだろうな」

「まったくだ」

生憎私にも桑島にもその才は無い。

「吉兆なのか、あるいは天変地異の前触れか」

桑島がそう言うのに、少し苦笑いした。

「まさか」

しかし、生まれて初めてには違いない。こんなような不思議な色合いの空を見るのは。

「大陸の方から風に乗ってくる砂が空気の色を変えるそうだな」

そんな話を何かの本で読んだような気がするが、それはあるいはこんな風景なのかもしれない。桑島がうむ、と頷いた。

「まぁいい。急ごう」


庭に面した垣根のところで、厠にでも立っていたのか縁側を歩く夏目先生と眼が合った。先生は鷹揚に私達を手招きして縁側の戸を開けたので、遠慮なく垣根の隙間から庭に入り込み、縁側から家に失礼した。

寒いから早く早くと先生に言われ、ばたばたと私と桑島は先生の書斎ではなく、その隣りにある八畳ほどの部屋に失礼した。ちゃぶ台があるのでおそらく平生はここで先生は食事を摂るのだろう。そうして、一層太い柱に電話が掛けられている。

ふいに、何か奇妙な感覚が私を襲った。電話だ。電話なのだ。しかし何か違和感のようなものを感じた。そこにあった電話が妙に古くさいように感じたのだ。おかしな話だ。電話が古くさいなどと有り得ない。いつものようにその思いを何処かに閉じこめた。

「大変な事になってしまったね」

長火鉢の前に座り込み、夏目先生は懐手をしながら言う。

「夏目先生は、糸井の家とは交流が無いんですね」

「無いね」

桑島が訊くと先生は簡潔に答え頷いた。

糸井の叔母である榛先生とは古い友人と聞かされたが、糸井の親とは面識がないのか。其れも妙なとは思ったが、考えれば有り得ない話では無い。実際糸井の親と面識があったのなら糸井の事も知っていて然るべきだろうから、やはり知己ではないのだろう。桑島が辺りを見回してから言った。

「ホームズさんは」

「いやそれがだね、糸井君と一緒に行ってしまったらしいんだ」

「え?」

二人で眼を丸くしてしまった。

「何故です？　ホームズさんと、糸井の家は交流があったのですか？」

ぴくり、と、夏目先生の口髭が動いた。いや、口元が歪んだ。懐から巻煙草を取り出し、マッチで火を点けた。ふぅ、と煙を吹かして少しく天井を見上げる。こうして夏目先生とよく顔を合わせるようになり判った事がある。夏目先生は決して泰然自若とした人間ではない。寧ろ、些細な事で気が動転してしまう類いの人間なのではないかと。其れを、人に悟られぬようにこうして煙草を吹かすなり、ゆっくりと息を吐きどこか遠い眼付きで何かを見遣るようにする。知らない人が初めて接したのならば、成程学者先生とはやはりこうした落ち着きのある人物なのだと解釈するのだろう。

「それがねぇ」

私と桑島の顔を順番に見た。

「何とも言い難いのだが、私にも判然としない部分があってね」

判然としない、とはどういう事か。

「彼はあの通り自分勝手に話を進める癖があってね。今回、突然のように来日した理由を中々に言わない。言わないどころか、何故かエリーズ嬢の事を知っていた。そしてヘルン先生もね」

夏目先生はさらに首を捻った。

「ひょっとしたら、君たちに名前を告げてはいないが、あの火鉢くんが関係しているのかも知れないね。そこんところはどうもはっきりしないのだが」

「火鉢さんから連絡とかはなかったのですか」

「彼も忙しい身だからねぇ」

さっぱり埒が明かない会話になってしまった。判ったのは、夏目先生はホームズ氏の行動も思考もあまり理解していないという事だ。

そこに、電話が鳴った。がばぁと夏目先生は立ち上がり、慌てた風に受話口を取った。

「はい。夏目の家ですが、そちらは何方から何処へお掛けでござんしょうかね」

一瞬、沈黙があった。

「おお、糸井くんかね。無事に着いたかね。そりゃあ良かった。ホームズさんも。うん、うん」

先生は振り返って私を見た。

「圖中くんだね。待ちたまえ」

私も急ぎ立ち上がり、先生から受話口を受け取り耳に当てた。遥か遠くから糸井の声が聞こえてきた。

（やはり駄目だったよ。父も祖父も亡くなってしまった）

「何だって！」

（祖父は心の臓の病だったのだが、父は判らない。医者の話では脳の血管が破れたのだ

ろうという話だったが）

「大丈夫なのか、お前」

　桑島が傍にやってきた。

（大丈夫だ。とにかくしばらくの間は学校に戻れそうもない。済まないが、留守の間をよろしく頼む）

「判った。心配するな」

（夏目先生に、ホームズさんもしばらくこちらに滞在すると伝えてくれ。詳細は手紙をしたためる）

「判った。糸井！」

（あぁ、本当に大丈夫だ。心配しないで）

それで、電話はプツンと切れた。まるで空に向かって上げていた凧の糸が切れたように持っていた受話口が途端に軽くなったように感じてしまった。

*

　何処か日々が朧（おぼろ）げに流れているような気がしていた。それは、いつも傍らに居たはずの糸井の姿が無い所為なのだと私も桑島も感じていた。

無論、今までも下宿は別だったから四六時中一緒に居た訳では無い。一緒に居るのは私と桑島だ。下宿でも学校でも私達二人はほぼ一緒に居た。それぞれに用事があり別行動する事はあったとしても、下宿に帰ればそこに居たのだ。

糸井はそうではない。そうではないのに、薄ら寒いような気持ちがずっと止まらなかった。

「あれだな」

糸井が居なくなってから二週間ほども過ぎた日の夜だ。長火鉢を抱え込むようにして本を手に持ち読んでいた桑島が言う。私は論文の下書きの手を止めて、後ろを振り返った。

「何だ」

「糸井と出会う前の俺達は、どういうのだったかな」

「どういうの、とは何だ」

おかしな言い回しをする。桑島は本を床に置き、ぼりぼりと頭を掻いた。

「よく覚えちゃいないのだが、俺達はもっと仲が悪かったような気がする。いやそれは語弊があるか」

「別に仲が悪かった覚えはないが」

うむ、と唸って腕を組んだ。

「互いの事を気遣う事をしてこなかったとでも言えばいいか。仲が悪いというのではなく、互いを尊重するが故に、余計な事に口を挟まなかった」

「あぁ」

そういう事ならば、そうかもしれない。私も桑島も、性格こそ違うが実は似たような性分の持ち主だ。郷里が同じで同じ時代を過ごした故の気安さがあり、他の人間よりも近しくしてこられたが、実は仲良しではなかったような気もする。子供でもあるまいし男同士に仲良しという言葉を使うことは憚られるが。

「人間とはおかしなものだな」

長火鉢に手をかざして、自嘲するような笑みを桑島は見せた。

「たった一人の他人が間に入る事に因って、まるで化学の実験のように意外な化学反応を起こして、それまでしなかった事もするようになる」

「確かにな」

万年筆を持っていた指が意外な程にかじかんでいたことに気づき、私も長火鉢に近寄り手をかざした。今こうして私は桑島と親しく、まるで互いの何もかもを知り尽くした友のように話してはいるが、実はそれは糸井がもたらしたものなのだ。それは、間違いない。

「実はな」

「うん」

「京子が田舎に帰る事になった」

「え？」

思わず声を上げてしまった。

「どうしたんだ。何も聞いていないぞ」

「いや、今日になって手紙が届いたらしい」

「手紙」

妙な符合だ。糸井からの手紙はまだ届かないが、京子ちゃんに家から手紙が届いたのか。

「何もかも許すから、一度帰って来いとあってな。京子も決めたそうだ」

「そうなのか」

「明日の朝に、奥さんと静さんには伝えるとさっき言っていた」

うん、と頷いた。むろん兄妹の間で話し合われた事ならば、私が何か異議を挟むものではない。しかし。

「淋しくなるな」

「あぁ」

桑島は笑った。

「来た時にはどうなるものかと思ったが、いなくなると考えると急に淋しくなる。おかしなものだ」

そういうものなのだろう。

「静さんも淋しがるな」

「あぁ」

二人は本当の姉妹のように日々を過ごしていた。奥さんもまるで自分の娘のように可愛がり、そう言えば京子ちゃんを家から嫁に出したいなどと言っていたような気もする。

「しかし、京子ちゃんもか」

糸井に続いて居なくなってしまう。そう言うと桑島は顔を顰める。

「糸井は帰ってくるだろう」

「いや」

其れは楽観的に過ぎるだろう。

「実家は商売をやっているのだぞ。そしてあいつは長男だ。このまま退学して実家の後を継ぐという事も考えられるだろう」

「あぁ」

考えていなかったと桑島は言う。

「しかし、別れも何も告げずにこのままという事はないだろう」

「まぁ」

一度ぐらいは顔を出すやも知れぬ。

「しかし、実際はよくは判らないが、古く商売をやっている家を束ねてきた男二人が同時に亡くなったのだ。後を引き継ぐだけでもそれはかなり大変な事だろう。ひょっとしたらもうこのまま糸井には会えず仕舞いになるかもしれないな」

神戸は遠い。

「無論行けないという事はないが」

「そうおいそれと行ける距離ではないな」

溜息をついて、桑島が頭を少し垂れた。

「淋しいな」

「あぁ」

淋しい。

「しかしこうなると、エリーズさんの件はどうなるのかな」

「そうなんだ」

其れを心配していた。

エリーズさんは今横浜に行っている。何か用事があったという事なのだが、一緒に行かなくていいのかと確認すると、向こうで外務省の人間が待っているので大丈夫だとの事だ。恐らく明日明後日には帰ってくるのだが、通訳として重宝していた糸井が居なくなってしまったので多少不便ではあったのだ。

「一度、学長と夏目先生に相談してみた方がいいだろうな。あの役人、夏目先生の友人、なんだったか」

そうだ、と桑島が長火鉢を叩いた。

「火鉢とかいう役人にはどうせ会えないのだろうから」

「そうだな」

其の方がいいのかもしれない。糸井の手紙が届くのを待ってからと思っていたのだが、中々やってこない。

「先に夏目先生に相談してみよう」

*

しかし、あの糸井の電話を受けた日から夏目先生は旅に出てしまったようだった。書き置きを下女に頼んだらしく、訪問した私達は木で鼻を括ったような態度でそれを渡された。

また手紙だ。

「どういう事だ旅って」

「兎に角、戻ろう」

急ぎ足で下宿に戻り、部屋に上がって手紙の封を切った。

〈前略。少々片付けなければならない事態が出来て実家に帰る事になった。後の事は戻り次第ゆっくりと話しあいたく候。取り急ぎご連絡まで〉

素っ気無い手紙だ。桑島と二人で読んで顔を見合わせてしまった。

「何だこれは」

「いや、そういう事なのだろう」

夏目先生の実家が何処なのかは知らないが、何か帰らなければならない出来事が起きたのだ。

「それにしたって」

桑島が珍しく落ち着かない様子を見せた。その瞳が泳ぐように揺れていた。

「落ち着けよ」

珍しい。桑島がこんな風に狼狽するなど。

「落ち着いていられるか。一体何が起こっているんだ？」

「何がって」

手を振り、うろうろと長火鉢の周りを歩く。

「糸井に続いて京子、今度は夏目先生、しかもエリーズさんもまだ横浜から戻ってこない。俺達の周りからどんどん人が消えていってしまっているじゃないか」

「消えた訳ではない。皆が何処かへ行ってるだけだろう。しかも行く先は判っているのだから」

落ち着け！　と少し声を大きくした。桑島に向かってこんな風に声を荒らげた事など今までなかった。

桑島は立ち止まり、ふぅ、と息を吐き、どっかと腰を下ろした。

「天変地異だ」

「何？」

「この間、妙な色の青空を見たろう」

「あぁ」

そう言えば。

「あれが事の始まりだったような気がする。あれは吉兆ではなく、凶事の印だったに違いない」

「何を言う」

そんな事を言い出す男ではなかったぞお前は。

糸井から手紙が届いたのは、京子ちゃんが田舎に帰った翌日の寒い朝の事だった。

その、京子ちゃんがこの家に居なくなった日から、下宿には寒々しい風が吹いているような気がしている。片付けられた京子ちゃんの部屋は元々は空いていたもので、私も何度か入った事はある。荷物を全て運び出した後に改めて眺めた時、その最初の状態に戻っただけだというのに寂寥感が凄まじかった。思わず身体に手を回して震えた程だ。それ程までに、京子ちゃんの存在はこの家にとって大きなものになっていたのだと改めて思う。

別れの日、静さんは朝から眼が真っ赤になっていた。何度も何度も鼻を啜り上げ手布(ハンカチ)で隠し、自分の部屋に駆け戻ったりしていた。京子ちゃんは、明るく振る舞っていた。瞳は潤んではいたが、涙を零(こぼ)す事はなかった。無論無理に明るく振る舞っていたのだろう。だが、手配した俥に乗り込む前、最後の別れの言葉を言う段に至っては耐え切れなかったのだろう。

大粒の涙がまるで滝のように流れ出し、同じく頬をずっと濡らしていた静さんと抱き合い、泣いていた。

私と桑島は、自慢ではないが愁嘆場を嫌う性格だ。にも拘わらず、これには参った。唇を嚙みしめ天を見上げ、せめて眼から涙が零れないようにするのが精一杯だった。

何度も何度も京子ちゃんと静さんは、また会おうねという約束を繰り返していた。それが仮令遠い未来になったとしても、実現する事をただ祈るばかりだった。

そうして、今日だ。目覚めて朝ご飯を食べる瞬間から京子ちゃんの声がしない淋しさをずっと感じていた。すぅすぅとした隙間風が一段と強くなったのではないかと思う程静かになってしまった下宿の、玄関先だ。

私と桑島が揃って大学へ行こうと玄関に立った時に、ちょうど郵便配達人がやって来たのだ。

「糸井だ」

裏書を確かめるや否や封を切る手間ももどかしく感じたのか、桑島は開け切らぬ内に半ば強引に封筒の中から便箋を取り出しそのまま封筒は、はらりと土間に落ちていった。

〈前略　手紙を書くと言っておいて長の無沙汰を申し訳なく思う。そちらはどうだろうか。変わりなく日々が流れているだろうか。察してくれているとは思うが、こちらは随分と大変だった。其れまで家と商売を支えていた祖父と父が一遍に他界してしまったのだ。涙など流す暇もなく、忙事煩雑で寝る間も無い程だ〉

私は、桑島が読む横から覗き込んでいた。いつもの糸井の文字だ。特に乱れた様子もない事から、手紙を書く余裕はようやく出来たのだろうと推察した。

〈結論から言ってしまう。大学は辞める事に決めた。元より卒業次第家の後を継ぐ次第だったのだから、多少早くなったというだけの事。これも人生なのだろうと思い、決心した。今まで過ごした東京での両君の懇情そして下宿の皆さんのご厚情に感謝する。いくら感謝してもし足りない程に、感謝している。心残りはきちんとしたお別れが出来なかった事だ。一度戻ろうとも考えたのだが、今の様子からすると二、三ヶ月も先の話になりそうだ。それならば両君の都合も踏まえ、本当にゆっくりと出来る時期を待った方が良い。そう考えた〉

桑島の唇が歪んでいた。会いたいのは山々なのだが、糸井の言う事も理解できる。いつ戻るかどうするかと考えながら日々を過ごせる程余裕はないのであろう。ならば、お互いにしっかりと腰を据えて自分の人生の足場を固め、その上での再会を期した方が良いと言うのだ。確かに、そうやもしれない。

〈何もかも、中途で放り投げてきてしまったのは、本当に心残りではある。エリーズさんはその後どう過ごされているか。ヘルン先生と夏目先生はどうされているか。京子ちゃんは、静さんは大過なく日々を過ごしていらっしゃるか。何より頼まれた事案を遂行できなくなったのは本当に残念だ〉

皆、居なくなってしまった。少なくとも今現在ここには居ない。もし電話が今この手の中にあるのならば、そう糸井に言いたい。

〈二人とも疑念に思っている事と思うが、ホームズさんの件だ。実は、彼は既に日本を

発ってしまった。三日ほど前の事だ〉

「なに?」

桑島が思わず声を発した。帰ったのか、イギリスへ。

〈どのような事情があったのかは、僕も聞く事は出来なかった。何やら日本政府と外交筋との密約があったようではあるが、今となっては藪(やぶ)の中だ。そしてまったく僕も驚いたのだが、彼を客人として招待したのはどうやら建前としては家(うち)の祖父だったらしい。その事情も今となっては知りようもない〉

「何と」

二人で驚いた。

「どうなっているんだ」

桑島がそう言い、私も頷いた。

〈とは言え、実家の生業が何かきな臭い香りに包まれているわけでもない。どうやら祖父の道楽、と言っては失礼かもしれないがそのような事らしい。従ってこれ以降、外国からの客人たちの今後を窺(うかが)い知る事は出来なくなってしまった。もし、そちらで事情が判るようであれば手紙で知らせてほしい〉

「俺達も知りたいぐらいだ」

なぁ、と桑島が同意を求める。正しくそうだ。むろんヘルン先生は相変わらず教壇に立たれ何事もなく日々を過ごされている。しかし、それ以外の外国からの友人たちは、その姿を見せない。

〈色々と書きたい事があったように思うが、いざこうして書き出すと中々筆が走らない。再会の際の楽しみにとっておこうと思う。今はただ、桑島の、そして圖中の、健やかなる日々と前途洋々たる将来を願うのみだ。元気で。　草々〉

ふぅ、と大きく息を吐き、桑島は手紙を私に寄越した。それを受けとり、一度眺めてから丁寧に畳み、土間に落ちた封筒を拾い上げてその中に仕舞い込んだ。

桑島が、上がり口に仁王立ちしたまま懐手をした。

「何か、あれだな。圖中よ」

「何だ」

「終わってしまったような気がするよ」

溜息交じりに桑島が言う。

「何が、終わったのだ」

「判らん。判らん事ばっかりで、何が終わったのかも判らん」

桑島は苦渋に満ちた表情を浮かべていた。其れはついぞ見かけなかった顔だ。そういえばこの男はかつてはこんなような顔を始終していたのではなかったか。忘れていたのだが、そうだったような気がする。

「あら」

奥さんが部屋の襖を開けて廊下に顔を見せた。

「声がすると思ったら、お二人で何を」

「いや」

糸井からの手紙を受け取り、この場で読んでいたのだと言うと、奥さんは成程という風に頷いた。

「大方、このままお家の方に戻るというお話なのでしょう」

「その通りです」

「何故判るんです？」

桑島が訊くと奥さんはゆっくりと首を傾けた。

「桑島さんの顔を見れば判りますよ」

「俺の」

「淋しそうな、辛そうな顔をしていますよ」

桑島が思わず右掌（てのひら）で自分の頬を撫でた。

「そんな顔してますか」

「してますとも」

さぁさぁ、と奥さんは大きく笑みを作ってみせる。

「そんな玄関口でしけた顔していては貧乏神がやってきますよ」

学校はどうするんですか、と訊くので、二人して首を捻った。出鼻を挫かれてしまった形にはなったが。

「まだまだ寒いんですから一度中に入りなさいな。お茶を淹れましょう」

暖まってから出掛けなさいな、と、促されて二人で居間に入った。長火鉢からの暖気が程好く部屋の中を暖めている。それで、そういえば火の気の無い玄関先に随分長く居たのだと、身体が冷えていたのだと気づいた。

静さんはお使いに出掛けていたはずだ。京子ちゃんが住んでいた部屋も既に空になっている。

「淋しくなったわね」

奥さんが鉄瓶からお湯を注ぎながら言う。私達も二人して頷いていた。

「京子ちゃんもね、また来てくれれば嬉しいのだけど」

「そうですね」

そう言いながらも、もう戻る事はないだろうと判っていた。一度は家を出た娘が実家の声に応じて故郷に戻ったのだ。それは、そのまま縁談の話を受け他家に嫁いでいくという事を意味する。無論、また家を飛び出してくるという事も考えられなくもないが。

「そうしたならば、本当の意味で京子も新時代の女という事でしょう」

奥さんから受け取った湯飲みを口に運び、桑島が言う。京子ちゃんがやって来た時にはあれ程迷惑そうに慌てふためいたが、一緒に暮らしてみれば桑島は優しき頼れる兄であった。

「結婚前に一緒に住めたのは良かったでしょう。兄妹としての日々を過ごせたのですからね」

小さく笑い、桑島は頷く。

「家の娘もね」

奥さんが言う。

「はしたない物言いですけど、お年頃ですからね。近い内にこの家を出ていくと思えば、毎日の我儘も愛しく感じるものですよ」

ぴくり、と桑島の身体が動いた。その動きに私は驚かされた。無論、顔には出さない程度の驚きではあるが。何をそんなに反応する必要があるのか。何でもない世間話ではないかと思ったのだが。

「そんな予定があるのですか」

勢い込んで訊こうとしたのを、桑島は寸前で抑えて静かに訊いた。少なくとも私にはそう感じられた。奥さんがどう感じたのかは判らないが、何時ものように、ふふ、と微笑み私達二人を見た。

「決まっている訳ではございませんよ。父親のない娘ですからね。そうそう良い縁談などありません。とは言っても」

続き部屋の方を見遣る。そちらには仏壇があり、静さんの父親の遺影が置いてある。

「瘦せても枯れても軍人の娘です。きちんとされた方に嫁がせたいと思うのは、親の情でしょう」

至極当然であろう。私も桑島も頷き返した。そこで話は終わり、という風に奥さんは長火鉢の縁に手を掛けて立ち上がり、鉄瓶を持ち台所へ消えていった。水を足しに行ったのだろう。

「では、行くか」

「おう」

立ち上がり、奥さんに行ってきますと声を掛けると返事があった。

それにしても、と、私は気に掛かっていた。先程の桑島の反応は何を意味するのか。決して気のせいではない筈だ。静さんの縁談の話に、此奴(こやつ)は著しく反応したのだ。

玄関を出て、格子の門扉を開けて道へ出る。ここ何日かは晴天の日が続き道はカラカラに乾いている。折りからの強い風に砂ぼこりが舞う。

「桑島」

「何だ」

問うてみようかと思ったが、何故か問えなかった。

お前は静さんに懸想しているのかと。

＊

学長に再び呼び出されたのは、糸井からの手紙が届いた一週間後だった。

その一週間の間に、桑島は部屋を移った。空いている私の部屋の続き間に移動したのだ。移っていいかと訊くので、構わないが何故だと訊くと、せっかく一人になったのだからそのまま元の状態に戻る、とだけ言った。要するに、京子ちゃんの事など頭になかった以前の状態に戻りたいという事かと解釈した。

それならば以前の下宿に戻るのが一番良いのではないかとも考えた。此処にやって来たのは京子ちゃんと一緒に暮らす為なのだから、彼女が居なくなった今となってはこの下宿に居る意味もない。

しかし、意味はあるのか、と勘ぐってしまった。

一人になったのだから、部屋も一人一人にしよう。其れはいい。お互いにその方が机に向かったときも集中できるやもしれぬ。

だが、何故この家を出ていかないのか。

た。

私と一緒に居たい訳ではあるまいと思った。

静さんがここに居るからではないかと、思った。

そうして桑島に対してそんな事を考えてしまう自分がつくづく嫌になってしまってい

桑島が静さんに懸想しているからどうだと言うのだ。友としてはその気持ちを汲んで後押ししてやるのが正しい道ではないのか。

私は、後押しなどしたくないのだろう。静さんの事を、好いているのだろう。そもそもここに下宿したのは私が先で、静さんと知り合ったのも私が先なのだ。

だが、そんな事は関係ない。もし、静さんも桑島の事が好きならば、邪魔者は私という事になる。むしろこの下宿を出ていくべきは私なのかもしれない。

私は、エリーズさんが戻ってくるのを切望していた。

桑島との間に吹いてくるこの嫌らしい風は、全てが、誰もが居なくなってしまった事に起因しているのだ。

余程、糸井に手紙を書くべきかどうか迷った。帰って来てくれと。此処に戻って、もう一度私と桑島の間に入り、その飄々とした態度で私達を結びつけてくれと。

しかし、そんな女々しい事など出来る筈もない。

私と桑島の間に、会話がどんどん無くなっていった。元よりそれ程饒舌ではない私達だったが、糸井さえ居れば会話が無くてもどこかに安心感があったのだが、今はそれも無い。

そんな折りに学長に呼び出されたのだ。

私の胸に一縷の望みがほの明るく灯った。ひょっとしたらエリーズさんが戻ってきたのではないかと思ったのだ。

二人で長い廊下を歩き、そう話した。

「エリーズさんが帰ってきたのではないか」

そう言ってみた。それで、桑島も喜んだ顔を見せるのではないかと期待したのだ。しかし、桑島の眉間には皺が寄った。

「今更という気がしないでもないな」

「何が今更なのだ」

「そうだろう」

吐き捨てるように桑島は言う。

「大袈裟に頼まれて、こちらは日本という国を背負う覚悟で警護や案内を引き受けたというのに、何も判らないままに関係者全員が消えてしまったんだぞ。俺達二人だけが置いてけ堀だ」

其れは確かにそうなのだ。

「今更だ。今更」

明らかに口調に怒りが込められてはいるが、それは決してエリーズさんに向けられるものではない。

桑島は、悲しんでいるのだろう。糸井が居なくなってしまった事に。皆が、何も言わずに消えてしまった事に。そういう悲しんでいる自分に腹を立てているのだ。自分はそんなに弱い人間だったのかと。

学長室の扉の前に立ち、ノックをした。入れという声があり、ゆっくりとドアを開けた。

其処に、火鉢氏が居たのだ。桑島の背中が伸びたのが判った。

「やぁ」

火鉢氏が、軽く右手を上げて快活な笑顔を見せた。まさかこちらも手を上げるわけには行かず、軽く会釈をして部屋へと足を踏み入れた。

「わざわざ済まなかったね。座りたまえ」

学長が示すソファには、以前に来た時には、エリーズさんが居たのだ。今は、私達だけだ。

「さて、色々と済まなかったね」

どかりと腰掛けた火鉢氏が言う。

「何が、済まないのですか」

不機嫌な顔をして、低い声で桑島が言った。火鉢氏が、少し眼を大きくさせ葉巻に火を点けて、何度か吹かす。途端に甘い香りが漂ってくる。この間会った時には葉巻など吸っていなかったのだが。

「やるかね？」

葉巻を銜えたままそう言い、懐から出そうとしたのを手で制した。

「結構です」

「そうかね。さて」

また何度か吹かす。

「謝ったのは、こちらが頼んでおきながら色々なものが停滞してしまっている現状にだ。君達にも何の説明もせずにこうなってしまった事を、まずは詫びておこうと思ってね」

「エリーズさんはどうされているんですか」

桑島が訊いた。

「まぁそう急かさないでくれ」

火鉢氏は、少し首を傾げながら、スウツの内ポケットから何やら紙を取り出してテエブルの上に置き、私達の方につい、と滑らす。

「読んでみてくれ」

電報だった。桑島と二人顔を見合わせ、私が電報を取って広げた。

〈ミス・エリーズ　ホンジツ　リニチ　カクニン〉

「離日？」

思わず桑島と声を揃えて上げてしまった。火鉢氏は、顔を顰め鷹揚に頷く。

「どういう事なのですか」

私が訊いた。

「実は私もよく判らないのだ」

「判らないとはどういう事ですか。無責任ではないのですか」

「そんな風に君に言われる筋合いは無い」

むっとした様に火鉢氏が言う。

「これは高度に秘密裏に行われた外交関係の一連の流れなのだ。この私にだってどうにもならない事態というのは十分に起こり得る。私も彼女の突然の離日に驚いている一人なのだ」

そう言って、火鉢氏はふっ、と表情を緩めた。

「とは言え、君達の怒りも理解できる。これ、こうして」

葉巻を灰皿に置き、火鉢氏は膝に手を置き座ったままで頭をぐいと私達に向かって下げた。

「謝る。大切な君達の勉学に勤しまなければならない日々を騒がせて悪かった」

私と桑島は顔を見合わせて、思わず小さく息を吐いた。いきなり毒気を抜かれた感じだ。話し合ってこそいなかったが、今度火鉢氏に会えたのなら色々と問い詰めようと思っていたのは確かなのだが、その気も削がれた。

「ところで」

頭を上げながら火鉢氏は言う。其の顔にはもういつもの小さな笑みが浮かんでいた。

「糸井君は、どうしているのかね」

「糸井、ですか」

火鉢氏は、うむ、と大きく頷いた。

「何でも御実家の方が大変な事になったそうだな」

学長から聞いたのだろう。私と桑島は頷いた。

「直接会えればお悔み申し上げる所だがそうもいかない。その後、何か連絡はあったのかね」

「手紙が一度来ただけです。互いにゆっくりと会える時期の到来を待とうと」

「そうか」

「本人は、頼まれた事を中途で放り投げてしまったのを非常に残念だと言っていました。できれば、その後どうなったのかを知りたいと」

成程成程、と、火鉢氏は頷きながら私達を凝視していた。まるでどれほど些細な動きも見逃すまいとでもするように。

其の様子に、桑島が訝しげな顔を見せて問うた。

「何かあったのですか」

「何かとは何だね」

「糸井がどうしたと言うのです。何故其れほど何かを懸念されているのですか」

否、と片手をひらひらとさせた。

「糸井くんは通訳としてエリーズ嬢と接してくれたからね。何か、今回の突然の離日に遠因となるような事でも聞いているのではないかと、只そんな風に思っただけだよ。他意はないのだ」

葉巻を吹かす。そういう事ならば、まぁ判る。

「神戸か」

糸井の実家という意味だろう。

「遠いな」

「そうですね」

「家には行った事があるのかね」

「ありません」

そうか、と残念そうに火鉢氏は片眼を顰めた。

「夏目先生もご実家の方に帰られているとか」

桑島が訊いた。

「其のようだね」

「貴方は、夏目先生と親しいのでしょう。どういう事情かはご存じなのですか」

「どうなのだろうね」

首を傾げた。

「私も大した連絡は受けていないのだよ。ただ帰ると聞かされただけでね。まぁとにかく」

ぽん、と腿の辺りを叩いた。

「君達に訊きたい事はそれだけだ。騒がせて悪かった。依頼した件は全てこれで解除されたと考えてくれたまえ。後々、何か判って君達に伝えても支障のないものであれば、連絡するよ」

そう言って立ち上がろうとして、ああ、と思い出したようにさっきの電報を出した側とは反対のポケットから封筒を取り出した。

「これは、今日までの御苦労賃として受け取ってくれたまえ。大した金額ではないのが心苦しいがその方が君達も気が楽だろう。何、少し贅沢な食事が出来る程度だ。何も言わずに受け取ってくれたまえ」

其れで、話は終わりだった。封筒を手に学長室の扉を開き、一礼して廊下を歩き出した。桑島が封筒を乱暴に破り、中を確かめ、ふん、と鼻を鳴らした。

「何が大した金額ではない、だ」

そこには、おそらく私達二人が一箇月程も贅沢な外食を楽しめる程度の札が入っていた。大金だ。

「どうする」

「どうするもこうするもない。正当な労働に対する対価として貰っておく」

下宿に帰って分けようと、桑島はそれを懐に入れ、急に立ち止まった。

「どうした」

ゆっくりと後ろを振り返る。廊下には誰も居ない。

「圖中」

「何だ」

私の袖を引っ張り、廊下の角の陰に隠れさせた。

「どうした」

「この後、時間はあるだろうな」

「あるな」

今日の講義は終わっている。ぶらりと本屋を冷やかすもよし、真っ直ぐ帰って論文の続きを書くもよし。

「後を尾けるぞ」

「後？」

「火鉢の正体を突き止める」

桑島の眼に何か光が宿っているような気がした。

「大体あの男は怪しい。いくら政府のお役人とはいえ、学長がああも従順にしているのもおかしいとは思わんか」

言われてみれば、そうかもしれない。

「最初からそうだった。学長の口癖は何だ？〈君達の学問の神のみに従い給え〉だったじゃないか。これからの日本を支え航路を進めるのは俺達の仕事だと。其の為には勉学にのみ心血を注ぎ給えと。そういう学長が、俺達にあっさり講義はいいからこの人に協力し給えなどというのは」

「確かに、そうだな」

何も疑問を持たなかった私達も迂闊ではあったが。

「撤回する」

「何をだ」

「この間言った事だ。全てがこれで終わったような気がすると言ったが、終わらせん。奴のにやけた顔を見ていたら腹の虫がまたぞろ騒ぎ出した」

付き合え、と、桑島はにやりと笑った。

「そうして正体を突き止めて、糸井に手紙を書くんだ。こんな事になっているぞと」

桑島の身体に生気が甦っているのが、判った。私も何か嬉しくなって、何も考えずに頷いてしまった。

「判った。では、ここで二人で立ちん坊しているのは理に適わないだろう」

学長室を出て、外に出るルウトは二種類ある。

「あちら側の内玄関の向こうで僕は見張っていよう」

「よし、向こうに歩き出したら俺は見つからんように中庭をぐるっと回って裏通りに出る。そこで合流しよう」

「了解した。だが、もし車でやってきていたらどうする」

「その時はその時だ」

正直、火鉢氏の正体を知った所で何にもならないだろう。お役人だと言って学長もそれを認めているのだ。嘘であるはずが無い。しかしどこのお役人なのか、この後何をするのか、そういう事を確かめれば気持ちも少しは治まるかもしれない。

私が内玄関まで歩を進めたところで、扉の開く音が聞こえて慌てて柱の陰に隠れた。

火鉢氏が、学長室から出て来た。コートを着込み、頭に帽子を被せ、歩き出す。恐らく桑島は慌ててこちらに回ってきているだろう。内玄関から出て、電車に乗ろうとするのならばこのまま此処に居れば見通せる。車溜りは正門前だから、車でやって来たという事はあるまい。電車？　そうか、電車だな。何かがかすかに胸の内をかすめたが、気にしないことにした。

火鉢氏は悠然と歩く。然程高くはない背。むしろ低いと言っていいだろう。年齢は少なくとも私達より十は上だとは思うのだが、どちらかと言えば幼い顔つきだ。きっと、年齢より若く見られるのに違いない。

門から外へ出たところで、ベストのポケットから懐中時計を取り出し時間を見ている。これからの予定を考えているのか。

後ろから桑島の歩いてくる気配があり、肩を叩かれた。

「これを着ろ」

桑島が焦げ茶色のフロックコオトを渡してきた。

「何処でこんなものを」

「廊下にあったから拝借してきた」

そう言う桑島は既に同じようなコオトを着込み、頭には中折れ帽を被っている。

「遠目には俺達だとは判るまい」

誰か大学職員の持ち物だとは思うが、後で返せばいいかと割り切って着込んだ。

「電車に乗るな」

「そのようだね」

火鉢氏は時計を仕舞い、電停の方角へ歩き出した。十分に距離を取ってから、二人で後を追った。

「お前が先に歩け。二人で並んでいると目立つからな」

そう言って桑島は後ろに下がり、かつ道路の反対側の方へ向かっていく。火鉢氏はゆっくりと歩いて行く。いや、むしろゆっくり過ぎる程だ。まるで散歩でもするかのような歩調で、あちこちを眺めながら歩いている。

余りにも歩調が遅いので、こちらが時々立ち止まらなければならない程だ。その内に、電停を通り過ぎてしまった。坂を下りて、神保町の方へ向かっていく。

桑島が小走りになってこちらに来るのが判った。

「何だあいつは」

小声で言う。

「とても役所に帰るという雰囲気ではないね」

もう仕事は終わりなのだろうか。時刻は午後の四時を回った頃だろう。それとも火鉢氏は時間に縛られない役職なのだろうか。

「おい」

火鉢氏が立ち止まったのは、坂の下にある居酒屋の前だった。

「酒を飲もうってのか」

もしそうなら、本当にもう仕事は終わったのだろう。扉を開けてその中に入るのかと思いきや、火鉢氏はその先に歩を進め、居酒屋と商店の間の小道に足を踏み入れた。

桑島と私は慌てて走り出した。此処ら辺はやたらと入り組んだ道が続く。店とも思えない程小さな飲み屋や、怪しげな道が立ち並ぶ場所だ。何処かに入られたらもう判らなくなってしまう。

私が先に辿り着いた。小道の向こうのカアブした曲がり口に火鉢氏の背中があったような気がしてそのまま小走りに進んだ。後ろから桑島の「急げ」という声が聞こえる。

しかし、曲がり角まで来ると、そこにもう火鉢氏の姿は無かった。

慌てて走り、その先の辻まで行って四方を眺めた。相当向こうにその背中を認めたのだが、思わず身体がつんのめるように止まってしまった。後ろで桑島が呻くのが聞こえた。

子供が居る。

何時の間にか火鉢氏が子供と歩いている。あれは、確か、夏目先生の家に居た子供ではないか。確か、名を一と言う。

二人の姿が何処かの建物に消えたので慌てて走った。

「この辺りか？」

桑島が言い、小道の真ん中に立って見回す。小さな店と民家とあばら家と空き地と。何処かへ入ったのは間違いないと思うのだが。

「此処に入ってみるか」

桑島が手を掛けたのは暖簾(のれん)の掛かった店の引き戸だ。暖簾には〈啄木鳥〉とある。一杯飲み屋かあるいは小料理屋といった風情なのだが。

「待てよ」

無論、小声で応じる。

「狭そうな店だ。開けたら途端にそこに居るという事もあるぞ」

「構うか」

桑島が言った。

「てっきりお役所に帰るのかと思えばこんな所に紛れ込んだのだ。ばったり出会(でくわ)せば何か奢って貰いながら事の真意を聞き出す」

一体私達は何のために何をして来たのかと。

「行くぞ」

がらがらと音を立てて引き戸が滑る。

「ご免よ」

桑島が一歩中に足を踏み入れた。その途端に何か桑島が言ったような気がしたが、すぐに桑島の姿が見えなくなった。中にはまだ電灯が点いていない。

「桑島？」

返事がない。私も中に入った。

その途端に、眩暈に襲われた。

まるで、足元がいきなり無くなり、天と地が逆転したような感覚。

「何だこれは！」

桑島を呼んだ。

「桑島！」

何処か遠くで、桑島が私の名を叫んだような気がした。

＊

灯が見える。

そう思ったら、歩道に立っていた。街灯が煌々と灯っているが、まだ空にはほんの少し夕暮れの光が残っている。

隣りには、桑島が居た。

「桑島？」

「圖中？」

二人で顔を見合わせた。此処は、先程の〈啄木鳥〉と言う店の前かと思ったが、違う。大きな通りの歩道に私達は立っていた。振り返ると其処は〈啄木鳥〉ではなく、〈一孝書店〉という書店の前だった。

「こんな書店、知ってるか」

「いいや、知らない」

大学近くの書店ならば何処だろうと知っている。だがこんな名前の書店はない。何よりも。

街の様子がまるで違う。

「此処は、何処だ？」

桑島が周りを見回した。私もそうだ。さっきから見回しているのだが、まったく見知らぬ街なのだ。

「どうなってしまったんだ」

呆けたような声を、桑島は上げる。人は歩いている。俥屋が走り抜けていく。荷車が引かれて行く。見たところ大学近くと変わらない様子ではあるが、立っている建物は全て見た事もない物ばかりだ。

呆気に取られるとはこういう事か。

「狐に化かされているのか俺達は」

呟くように桑島が言う。そうかもしれない。

その時に。

「どうされましたかな」

後ろから声が響いた。

声の主は、背の低い老人。濃紺のトンビを纏い、頭にはソフト帽。白髪にさらに長く白い顎髭。痩せた身体にまるで、そう、山羊のような顔つき。ステッキをつき、私達を見ていた。

「何か、お困りの様子ですが」

「あ、いや」

桑島が口籠(くちごも)った。

「どうやら、道に迷ってしまったようで」

咄嗟(とっさ)に口をついて出たが、確かにそうなのだ。私達は、道に迷っていた。老人は、にっこりと微笑んだ。

「神戸の方ではないのですな」

「神戸？」

桑島と同時に叫んでしまった。老人は、今確かに神戸と言った。私達が驚きの声を上げたせいだろう、老人は思わずといった感じでのけ反った。

「自分がどこの街にいるのかすら迷いなすったという事ですか」

「いえ、その」

からからと老人は笑う。

「ほれ、そこに線路がありますな。神戸駅はそこですよ」

確かに、機関車の煙が見えた。

「今し方着いた汽車で来られたのではないのですかな？」

答えられなかった。人の良さそうな老人ではあるのだが、迂闊な事は喋れない。先程まで自分たちは東京の神保町辺りに居たのだがと言って、気触れかと思われても困る。

「お二人ともお疲れのようですな。宜しければ一緒にお出でなさい」

そう言って老人は歩き出した。私と桑島は、言われるままについて歩き出した。神戸など来た事はない。しかし確かにここは見知らぬ街であり、この老人はここは神戸だと言った。

何が一体どうなっているのか判らない。

「あの、何方へ」

老人はこちらを見ないまま、ステッキを先の方へ向けた。

「すぐ其処ですよ。ほれ」

二階建て、三階建ての旅館が建ち並んでいた。駅前に旅館が多いのは何処の街も同じという事だ。歩いてほんの数十歩のところにあった旅館〈松長屋〉に老人は入って行く。

「遠慮せんと、お入りなさい」

仲居がお帰りなさいませ、と老人に向かって言う。という事は、老人はここの関係者かもしくは客なのか。仲居さん達は私と桑島に向かっても「お帰りなさいませ」と繰り返した。何の疑問も持たれていないのか。

ここは、ついていくしかない。何しろ本当にここは何処なのか判らないのだ。自分に一体何が起こったのか。

老人は廊下を音もなく歩いて行く。玄関から真っ直ぐに伸びる廊下を進み、角を曲がると其処から廊下の板の色が変わった。黒光りしていた板は木肌をしっかりと残した茶色のものになる。此処から先は特別な部屋、という事なのか。障子をすう、と開け、老人は中に入っていった。

「ささ、どうぞ」

言われるままに、私と桑島も中に入った。畳敷きの部屋は少なくとも二十畳以上はあるだろう。立派な床の間に、中央にはこれも見たこともない作りの長火鉢。黒檀でも使っているのか堂々としたものだ。赤々と火が熾り、部屋の空気はすっかり暖まっている。しかも、部屋の中央には絨毯が敷いてあった。これも、今まで見た事もないような柄と肌触りだ。その上に乗っただけで足の裏から暖かくなるような気がした。

「さて、仲居が茶でも持ってくるでしょう。どうぞ、お座りください」

暖まって下さいなと老人はいい、自分はトンビと帽子を脱ぎ、そこにあった西洋風の衣紋掛けにひょいと掛けた。

「宜しければ、そのコオトもどうぞ」

部屋に入った瞬間にうすら寒さは消えた。桑島と顔を見合わせ、コオトを脱いでそこに掛け、長火鉢の前に座った。それにしても大きい火鉢だ。鉢の縁はこのまま卓として使えるだろう。

「私は、松長直次郎と申します」

「松長さん」

それは、この旅館の名前と同じではないのか。

「気がつかれましたか。ここは私の経営する旅館の一つですので、どうぞお気遣いなくお寛ぎください」

「ありがとうございます。私は、圖中と申します」

「桑島です」

二人とも帝国大学の学生だと名乗った。それ以外名乗りようがない。

「やはり東京の方でしたな。言葉でそうだろうと思いましたが」

私もそうなのですよ、と続けた。

「東京に住んでおりますが、今日はたまたまこちらの方に所用があり来ていました」

「そうでしたか」

さっきから桑島は私と松長さんの会話に頷きながらも、何かを考えているような風情だった。ずい、と前に出て口を開いた。

「松長さん」

「何でしょう」

「こちらの事情もお話しせずに失礼ですが、糸井という名の呉服屋をご存じではあるまいか」

糸井の実家。松長さんは、おや、という表情を見せた。

「存じておりますよ。〈糸井呉服店〉ですな。この神戸では明治の始めから開業しているお店の一つです」

「其処に」

桑島が続けて尋ねた。

「糸井馨という自分たちと同じく帝国大学の学生が居る筈なのですが」

松長さんは表情を何も変えなかった。頷きもしなかった。そこに、失礼します、という声がして仲居さんがお茶を持って現れた。淀みのない所作で私達にお茶を用意する間、年若い仲居さんは何も言わなかった。桑島はじっと松長さんを見て返事を待っていたのだが、私は、其の年若い仲居さんが気になって仕方がなかった。

似ているのだ。

桑島の妹の京子ちゃんに。

他人の空似なのだろうと直ぐに思ったものの、余りにもその横顔が似過ぎていて眼を離せなかった。仲居さんは一度も私の顔を見なかったが、本当によく似ていた。世の中には自分に似た人間が何人か居るという話を何かの本で読んだような気がするが、まさにこれか、と思っていた。

結局正面から顔を見る事が出来なかった。仲居さんはずっと俯き加減のまま、一言も発することもなく、お辞儀をして部屋を出ていった。

「どうかされましたかな」

松長さんに問われた。

「何か粗相がありましたか仲居に」

「あ、いや」

松長さんが笑みを浮かべていた。桑島もどうした、という表情を浮かべて茶を啜った。

「ずっと気にされていたようですが」

「いえ」

多少の気恥ずかしさを隠すために私もお茶を飲んだ。

「知人によく似ていたもので」

「誰だ」

桑島が訊いた。お前に誰だと訊かれても困ると思ったのだが。

「京子ちゃんだよ」

「京子に？」

「気づかなかったのか」

桑島はまったく、と首を横に振った。そもそも顔なんか見ていなかった、と。

「そんなに似ていたのか」

瓜二つだったような気がする。そう答えると桑島も顔を顰めた。

「よく見れば良かったな」

松長さんが、微笑んだ。

「京子さんというのは」

「あぁ、私の腹違いの妹です」

「奇遇ですな」

奇遇？　松長さんは、先程仲居さんが去っていった襖の方を見遣った。

「あの娘の名前は〈京子〉というのですよ」

「なんと」

思わず桑島と顔を見合わせてしまった。

「いや、しかしそれは偶然というのには」

確かに奇遇という他ない。松長さんはゆっくりと茶を飲み、そうして頷いた。

「赤の他人の筈なのに同じ顔をして同じ名を持つ。世の中には、そういう不可思議な事が起こるものです。こうして」

一度言葉を切って、私達の顔を見た。

「長生きしますと、そういう出来事に何度か遭遇するものですよ」

「そうですか」

「あなた達は、覚えがないですかな。不可思議な出来事に出会（でくわ）したという」

言われて、また私達は顔を見合わせた。たった今、私達はその真っ最中に居るのだ。

二人で逡巡した後、どちらともなく頷き合った。

この親切そうな御老人の御好意に甘えているのだから、素直に何もかも話した方がいいだろう。

「実は、松長さん」

「はいはい」

「私達は、つい先程まで、ほんの数分前まで東京に居たのです」

細かい事はむろん話せない。何もかも理解してもらうのには事柄が長過ぎる。とにかく事情があってある人間の後をつけて、とある店に入り込んだ瞬間に眩暈を起こし、気がつくと先程松長さんと出会った町角に立っていたのだと。

「しかも、神戸には糸井馨という友人が居るのです」

「それが、〈糸井呉服店〉の息子さんだと」

「そうなのです」

松長さんは、驚きもせずに、笑みを浮かべながら私の話をじっと聞いていてくれた。この老人は何者なのだろう。旅館を経営している。しかも東京にも神戸にも。となれば名のある実業家には違いないとは思うのだが。

「まったく不可思議な出来事ですな」

そう言って、どこからか煙草ケエスを取り出した。見えなかったのだが、大きな長火鉢の何処かに引き出しでもあったのだろうか。

巻煙草のケエスだった。立派な金無垢のようにも見えるが本物だろうか。作りからしておよそ海外の物だろうと察しはついたが。

「吸いますか」

松長さんがその煙草のケエスを私達の方に寄越した。礼を言って一本ずつ取り、火鉢の炭で火を点けた。

嗅いだことのない甘い薫りの煙が流れていく。

「これは、何処の国の煙草ですか」

桑島が訊いた。

「仏蘭西のものですよ」

仏蘭西。成程実業家は違うと感心した。

「さて、桑島さん、圖中さん」

煙を吐き、松長さんは私達の名を呼んだ。

「はい」

「お二人の身に起こった不可思議な出来事ですが、其れは未だに続いているようですね」

続いている、とはどういう事か。松長さんは、ゆっくりと頷いた。

「〈糸井呉服店〉は確かにこの神戸に存在しますが、そこに〈糸井馨〉という帝国大学に通う息子さんはいらっしゃいませんよ」

「何ですって？」

桑島は身を前に乗り出した。

「居ない？」

「はい」

松長さんは、大きく強く頷いた。

「いらっしゃいません。それは間違いない事実です。何でしたら、この後ご案内しますから直接確かめていただいても構いません」

「いや、しかし」

居ない筈がない、と、桑島は少し声を大きくした。

「奴は、俺達の学友です。もう何年も一緒に机を並べて講義を受けた仲ですよ。それが居ないって」

桑島が私の肩を摑んだ。そんな筈はないだろう、と繰り返した。けれども、私は、別の事を考えていたのだ。

糸井。

私と桑島の間に、そこに糸井が、自慢できる事ではまったくないのだが、友人の少ない私と桑島の間に〈糸井馨〉が入ってきたのは何時からだったろう。

そうだ、あの時もそうだった。あれは何時だった。風邪を引いて寝込んでいた時か。

思い出そうとしても、まるで霧の中に入り込んだように何もかもが朧げになっていた。私達は、私と糸井は、いつどのようにして親しくなったのだったか。初めて会ったのは何処で何時だったのか。

糸井馨。

君は、本当に私の学友だったか？

いや、君は、この世の人間なのか？

そう、思ったのだ。その感覚をまた私は思い起こしていたのだ。

「おい、圖中」

桑島の声に我に返った。その瞬間に眼に飛び込んできたのは、じっと私を見つめている松長さんだった。

その瞳に浮かんでいた色には、覚えがある。そう感じた。

「済まん。何か、ぼうっとしてしまった」

「大丈夫なのか？　顔色悪いんじゃないのか」

桑島が言う。

「本当に大丈夫だ」

何かが、私の中で何かが動いているような気がしていた。いや違う。動いているのではない。これはどう表現してみれば良いのか。私の身体の全てを作っている細胞の一つ一つが、何かの信号を発しているような感覚。

これは、何だ。ざわざわと騒ぐのではない、蠢くのではない。其れらの言葉に出来ない感覚を何もかも合わせたようなもの。

届きそうで届かない思考。

「圖中さん」

松長さんが呼んだ。

「はい」

「桑島さんも、今夜はここにお泊まりになられてはいかがですか。無論、宿代は結構です。この部屋は私の部屋ですので御遠慮は要りません」

桑島は首を一度横に振った。

「とんでもない。そんなご迷惑を掛けるわけには」

松長さんも首を横に振った。

「もう、夜です。何処かへ出掛けるにしても暗くなります。人は、夜より朝の方が賢いと言うではありませんか。不可思議な出来事を考えるにしろ確かめるにしろ、陽の光の下の方が都合が良いのではありませんか。ほれ」

にこりと笑った。

「全てを白日の下に、などという表現もあるではないですか」

確かに。夜になってから見知らぬ町を歩く事ほど心許(こころもと)ないことは無い。

「どうする」

桑島に問われ、頷いた。

何かが、私達の身の上に起こっているのだ。それも、この世の常識が通用しないような不可思議な出来事が降り掛かっているのだ。ならば、慌てず腰を据えて行動した方がいい。足を掬(すく)われないためにも。

「お言葉に甘えよう」

「そうしなさい」

松長さんはゆっくりと立ち上がった。

「腹も空いたでしょう。食事の用意をさせます。風呂もありますから、ご自由に使いなさい。もちろん明日の朝の食事も出させます」

「いやそんな事まで」

桑島が手を伸ばしながら言うと松長さんは、いやいや、と首を振った。

「袖振(そでふ)り合うも他生(たしょう)の縁です。東京に暮らす私達がこうして神戸で会ったのも何かの縁なのでしょう。遠慮は無用です」

また明日の朝に顔を出すので、其れまでゆっくりしてください。そう言い残して松長さんは行ってしまった。残された私と桑島は、ただ長火鉢の前に座り、煙草を吹かすしかなかった。

「まぁ」

灰を落として桑島が言う。

「確かに腹が減った」

「そうだな」

どんな時でも人間というのは腹が減るように出来ているものなのだろう。桑島は、一息大きく煙を吐いた。

「一体、何が起きているのか見当がつくか?」

「つかない」

素直に言った。まったく判らない。

「まるで、子供向けの空想物語を読んでいるようだ」

一瞬にして東京から神戸に来てしまった。有り得ない事だ。空想物語ならばどんな事でも可能だろうが現実には。桑島はまた一つ息を吐いた。

「火鉢だな」

其れは眼の前にある長火鉢のことを言ったのではなく、火鉢氏のことだろう。

「あいつが、このおかしな出来事の鍵を握っているんだろうさ」

「そういう事に、なるんだろうな」

其れにしたとしても、まったく説明がつきそうもない。

「おい、圖中」

「なんだ」

「ひょっとしたら、火鉢も此処に来ているんじゃないのか」

神戸に。そうか。

「考えても判らない事を考えるのは止めだ。とにかく俺たちはあいつを追ってきたら此処に来ちまった。ということは、火鉢も此処に来ているということだ」

「そうだな」

そう考えるのが妥当な線だろう。

いや、だとすると。

「〈火鉢氏〉は、ひょっとしたら」

「なんだ」

「糸井を追って、この神戸に来たのではないのか？」

言うと桑島は、少し眼を大きくしてから頷いた。

「そうだ。そうとしか思えん。あいつは何故かは判らんが、妙に糸井のことを気にしていた」

そこで、思いついたように火鉢の縁を叩いた。

「おい、圖中」

「なんだ」

電話を借りろ、と言う。

「奥さんと静さんに電話しなければ。今日は家に帰らないと」

そうだった。二人は私達の帰りが遅いと思っているのに違いない。


無論、下宿屋に電話はない。夏目先生も今は居ない。平生は歩いて一分ほどの乾物屋の筑摩屋さんに電話があるので何か火急の用があればそこに頼んでいた。

電話は何処にあるかと桑島と二人廊下に出て、先程入ってきた玄関の方に歩いた。番頭さんらしき初老の羽織袢纏を着た男性に尋ねると「どうぞこちらへ」と、入口脇の小部屋に案内された。

どうやら待合室のようなものらしい。四畳半もない小さな部屋にソフアとテエブルがあり、そこの壁に電話があった。壁に貼られた交換の番号を回し、筑摩屋さんの番号を告げる。程なくして聞き覚えのある声が受話口から漏れてくる。

「申し訳ないです。妹尾(せのお)の下宿の圖中ですが、奥さんに伝えていただきたいのですが、今夜は私も桑島も帰らないと」

(はい?)

何を言ってるのか判らない、と言った風情の声が返ってきた。聞こえなかったか。私は一段声を大きくして張り上げた。

「妹尾の下宿の圖中と桑島です。今夜は帰らないと妹尾さんに伝えていただきたいのですが」

（妹尾の下宿とは、何処ですか）

何処、だと？　一瞬、まだ店に出て間もない小僧さんが電話に出ているのかと考えたが、この声は紛(まぎ)れもなく筑摩屋さんの旦那さんだ。福々としたその顔も電話に出ている風情さえも浮かんでくる。

「圖中です。妹尾節子さんの下宿に住んでいる、帝国大学の圖中です」

一瞬、沈黙した。電話が切れたのかと思ったがそうではない。

（圖中さんですか？）

「そうです」

（相済みません。私は妹尾の下宿もそれから貴方(あなた)さまも存じ上げないと思うのですが、何方(どなた)かにお掛け間違いという事はありませんか）

何だって？

「筑摩屋さんですよね？　乾物屋の」

（はい、左様でございますが）

「妹尾節子さんです。一町下った角にある下宿屋の。其処に住んでいる圖中ですが」

またしても沈黙。

(そう言われましても。私も長く此処で商いを営んでおりますが、ご近所に妹尾さんという方はいらっしゃいません。下宿屋さんなら幾つかありますが、其のどれも妹尾さんではありませんが)

嘘ではない。その声音の何処にもそんな薫りはしなかった。ましてそんな嘘をついて筑摩屋さんに何の得があるというのだ。

しかし。

一体どういう事なのか。

一度不可思議な事に遭遇してしまうと人間には耐性がつくのだろう。いや諦めとでも言うべきか。

筑摩屋さんは、もう何十回と顔を合わせ時候の挨拶をして時には本の貸し借りもしていた乾物屋の主人は、私も桑島の事も知らないと言う。それどころか、ひょっとしたらご本人が気があるのではないかと密かに疑っていた妹尾の奥さんさえ知らないと答え、妹尾家さえ近所には無いと言う。

声も出ずに部屋に戻ってきた所で、丁度仲居さんが晩ご飯の膳を運んできてくれた。

今度は、京子ちゃんに似た仲居さんではなかった。見知らぬ顔の女性で、何故かほっとしてしまった。

運ばれてきた膳の味噌汁椀の蓋を取り、桑島は頷く。味噌の良い香りが辺りに漂い何処か心を温かくさせる。

其れで、少しばかり気を持ち直した。

「まぁ」

桑島が言う。

「要するに俺達はそういう、驚天動地の事態に、不思議な迷宮のような森に迷い込んでしまったという訳だ」

「うん」

混乱してもどうにもならない、と私達は無理矢理自分たちを納得させた。

どういう事なのか、何が起こっているのかを考えてもきっと現段階で答えは見つからないだろう。ならば、腹を括り自分たちの目的を達成させるために動くまでの事。

目的は、〈火鉢氏〉を追う事だった。正体を突き止める事だ。

「腹が減っては戦は出来ん」

「そうだな」

松長さんの御好意で運ばれてきた晩飯の膳は豪華だった。豪華だったのだが、其れに喜ぶ事もなく、只二人で向かい合い無言で飯を口に運んだ。恐らくは相当に旨いはずなのに、味も何もしないような気がしていた。

「しかし桑島」

「何だ」

「考えても詮無い事だろうが、思考を止めてしまっては拙い」

桑島が右眼を細めて私を見た。

「不可解な、不可思議な出来事が僕達を襲っている。其れは恐らくは〈火鉢氏〉が係わっているのだろうが、その正体はまぁ置いておくとして、では、〈火鉢氏〉は何のためにやっているのだろうな」

うむ、と、椀を手に持ったまま桑島は頷いた。一粒一粒が輝いているような白米を箸で口に放り込んだ。

「何のために、か」

「仮に〈火鉢氏〉が不思議な能力の持ち主なのだとしよう。世の中にはそういう人間がひょっとしたら居るのかもしれない。そこの所をまず納得しよう」

そうだな、と頷いた。

「あいつが入っていった店に足を踏み入れたらこうなったんだ。あいつがとんでもない能力を持っていると仮定すればそこは自然に繋がる」

訳の判らない出来事を考えようというのだから、まず仮定をしなければ何も始まらない。

「電話の件もそうだ、としよう。何をどうすればそうなるのか判らないが、妹尾家は、僕達が住む下宿屋は存在しなくなってしまっている。筑摩屋さんも僕達を知らないと言う。それも全部何もかも、〈火鉢氏〉の不可思議な能力のせいだとしよう。いいな?」

よし、と言い、桑島は味噌汁を音を立てて飲んだ。

「そこまではとりあえず無理矢理にでも納得しよう」

「だとしたら、彼の目的は何なのだ。何のためにそんな事をしているんだ」

「目的か」

焼き魚を口に入れて、桑島はしばし考え込んだ。

「判らんな。しかし、目的はともかく、奴のそういう、なんだ、企てはそれこそ俺達にエリーズさんの護衛を依頼した所から既に始まっていたのかもしれんという事だな?」

「いや」

私は首を振った。

「其れを言うなら、もっと前ではないか」

「前?」

〈火鉢氏〉が学校に乗り込んできて、私達を学長室に呼び出す前。予期せぬ出来事は既に起こっていたのだ。

「たとえば、京子ちゃんだ」

「京子？」

「突然、何の前触れもなく京子ちゃんはやってきた。そもそも僕はお前に妹が居た事さえ初耳だったのだ」

「それは」

桑島は芋の煮物を口に運んだ。

「単に京子がやって来たというだけだろう」

「では、その兆候はあったのか？」

桑島が渋面を作って考えた。

「いや、まるで予想していなかった。まったく、微塵もなかった」

「其れさえ〈火鉢氏〉の画策だとは考えられないか」

「まさか」

その、まさか、が私達の身に降り掛かっているのだ。

「全てが、根本から揺るがされているのではないのか。僕達の」

「根本」

「そうだ」

有り得ない出来事が次々に起こっている。振り返ればそれはかなり以前から起こっていたのではないか。まるでじっくりと外堀を埋めるように。

「其れが〈火鉢〉の野郎の目的だというのか？　俺達の、その、何だ」

二度首を捻った。

「人生を左右どころか、全てを引っ繰り返すような事が」

「どう表現していいのか判らないのだけど、そんなような感じだ」

まさか、と、桑島は引き攣った笑いを浮かべる。

「そんな事をして、あいつに何の得があるというのだ。只の書生でしかない俺達の人生を引っ繰り返して何になると」

「判らない」

判らないのだが、そんな気がしてならない。

そして。

「桑島」

「何だ」

「ずっとお前には黙っていたのだが、僕はある疑問をかなり前から抱いていたんだ」

疑問とはなんだ、と桑島が問う。

「糸井との出会いを覚えているか？」

「糸井との？」

「そうだ」

私達の友人。

糸井馨。

「ある日、ふいに其の疑問に囚われた。一体僕は糸井と何時から知り合いだったのか。何故こんなにも親しくなっているのか。一体」

一体、あいつは何者なのか。

「お前は、覚えているか。あいつとの出会いを」

「出会い？」

「僕は、いくら考えても浮かんでこないのだ。糸井と初めて会った日の事を。そんなにも前ではないはずだ。せいぜいが二年三年前の事だ。それなのに」

何も浮かんでこない。

桑島は箸を置き、腕組みをした。眉間に皺が寄る。

「それは」

そう言って、しかしまた考え込んだ。

「言われてみれば、浮かんでこない」

そうなのだ。

「あいつは、いつの間にか僕達の間に立っていた。まるで風のようにやってきて、其の時には既に無二の親友のようになっていた。しかもあいつは」

そこで、言葉が途切れてしまった。

「あいつは？」

桑島が問うた。

「何処かが、それが何かは皆目判らないのだが、何かが決定的に違う気がしている。僕達とは異質の何かを持っている」

この世の人間ではないような。

「馬鹿を言うな。あいつが幽霊だとでも言うのか。俺はあいつと何度も相撲を取ったぞ。ちゃんと足も身体もあるぞ」

「そういう意味のこの世ではない。桑島よ」

「何だ」

「〈火鉢氏〉が一瞬にして東京から神戸にやってくるような能力を持っていたと仮定したな。そんな事が出来る人間は、この世の人間なのか？」

桑島の喉の奥がぐっ、と音を立てた。

「どう表現していいのか皆目見当がつかないが、もし〈火鉢氏〉がこの世ではないところの人間だとしたら」

「糸井もそうだと言うのか」

「そんな気がしていたんだ」

馬鹿な事を言うな、と桑島が怒った。

「俺達の友であるあいつもまた、〈火鉢〉の野郎と同じように俺達の人生を狂わせるというのか、何というか」

いや。

「それは、違う」

「どう違うんだ」

糸井は、私達を。

「そういう事から救おうとしていたのではないか」

「救うだと？」

そう思えば、色んな事が繋がってくるのだ。今までの様々な出来事が。

「京子ちゃんに、エリーズさん。夏目先生に、ホームズさん。ここ最近僕達が出会ってきた人物全てが、糸井に何処かしら関連、あるいは糸井自身が積極的に係わろうとしていたような気がするんだ」

そう、そうなのだ。桑島が頷く。

「そう言われれば、そうか」

まるで。

「まるで、僕達に襲いかかってくる様々な不可思議な事から守ろうと、救おうとしてくれているみたいに」

「守る」

桑島が顔を顰めて懐を探った。煙草を探しているのか。火鉢の縁に置いてあった松長さんの煙草ケエスに眼を留め、ちょんと手刀を切ってそこから一本取り出し、火を点けた。

煙を吐く。そして私を見た。

「そういう風に言われると、何処となく腑に落ちる自分がいる」

「そうだろう」

そう、その言い方が適当かもしれない。腑に落ちるのだ。

「糸井が、糸井は」

私達を何かしらの手から救おうと、何処かからこの世にやってきた何者かなのではないか。

「しかし、あいつは俺達の仲間だぞ。同じ学友だぞ」

「それは、そうだ。しかし、それすらもあいつは、表現は悪いが操れるような人間だとしたら？　〈火鉢氏〉と同じように、考えられない能力を持っているのだとしたら」

桑島が煙を盛大に吐いた。

「何時の間にかやってきて、俺達の友だと思い込ませて、何かしらの目標を達成しようとしていたのか」

「そういう事になるのか」

まったくもって自分が嫌になるが、全てがあやふやな表現しか出来ない。そもそも考えられない事態に陥っているのだから仕方がないのだが。

「だとしたら、圖中」

「なんだ」

「糸井が急に神戸に帰ってしまったのも、その、何かの為なのか。俺達の前から急に姿を消したのも」

そうなのだろうか。

「そう考えれば、何となくだが辻褄は合ってくる」

「そして、〈火鉢〉の野郎はそんな糸井を邪魔に思っていたのか？　あるいは、何かしらの疑惑を持っていて、あいつを追いかけてここまで来たのか？　そしてそれを追ってきた俺達はその不可思議な能力に巻き込まれてしまったのか」

頷くしかなかった。しばらくの間、二人で黙り込んでしまった。私も煙草ケエスに手を伸ばし一本取り出し火を点けた。

糸井は、突然消えた。いや、祖父と父が死んだと言って実家に帰った。

「しかし、松長さんは〈糸井呉服店〉は存在するが、糸井馨という男は居ないと言った」

「糸井は、その名を騙っていたという訳か」

何時の間にか膳の上の食事は全てが冷めてしまっていた。煙草の煙を二人で吐き出す。何気なく、煙草ケエスを手に取り、開いた。

中には五本、いや六本しか煙草が入らない。既に煙草はあと三本しかない。

「うん？」

ケエスの中に文字が刻まれている。煙草が減ってその端が見えるようになっている。慌てて、煙草を全部取り出した。

「何だ、どうした」

「文字が、刻まれている」

正確には、数字だ。数字と、英文字だ。

「1951.4.17　Happy Birthday」

そう、刻まれている。桑島も覗き込んできた。

「誕生日のプレゼントなのか」

煙草ケエスは松長さんの物なのだろう。この部屋は自分の部屋だと言っていた。

しかし。

「変だろう」

「何がだ」

「これは、西暦なのか?」

1951.4.17。

「一九五一年四月十七日が、松長さんの誕生日なのか?」

桑島の眼が、大きく見開かれた。

「馬鹿な」

今は、明治三十六年だ。西暦で言うのなら、一九〇三年だ。

「一九五一年とは、今から五十年程も先の世だぞ」

二人で顔を見合わせた。何か、薄ら寒いようなものが背中から忍び込んできたような気がして、身体が震えた。

「何かの間違いだろう。西暦ではないのかも知れん」

「しかし、〈Happy Birthday〉と書かれているんだぞ。誕生日おめでとうと書かれているその前に入る数字は、誕生日以外有り得ないだろう」

「金庫の合わせ番号とかはどうだ」

可能性がないわけではないが。

「むしろそっちの可能性の方が高いだろう。今は一九〇三年だ。一九五一年生まれなんてのは、未来の世の人間で」

そこまで言って、桑島は固まったように動きを止めた。口が開いたまま、私を見た。私もまた、眼を見開いたまま動きが止まってしまった。

未来の世の人間。

この世の人間ではない者。

「まさか」

何を、と、言ってから桑島が肩を揺すって笑った。

「また突拍子もない事を」

「お前が言い出したんだ」

未来の世。

それは、確実にやってくる。この日本が、いや地球がなくならない限りは確実にやってくるものだ。今この瞬間にも我々は未来に向かって進んでいるのだ。一週間前の私達は既に〈過去の世界に存在する人間〉として認識される。過去を認識できるものなら、の話だが。

「もし、僕達が過去の人間だとしたら？」

「なんだと？」

「そう仮定するなら、〈未来の世〉は存在しているという事だ。其処には」

未来の世の人間が存在しているという事だ。ひょっとしたら、私達には想像もつかない能力か技術を手に入れた人間が。

＊

布団には入ったものの、まんじりともせずに夜が明けた。いや、そんな気がしたのだが少しは眠っていたのだろうか。気がつくと部屋の中には朝日が隙間から糸のように細く差し込んでいる。隣りで横になっていた桑島がそっと起き上がり這って窓に向かうのが判ったので声を出した。

「起きたのか」

「おう」

お前も起きていたか、と桑島が言って立ち上がり、障子を開けそれから縁側のガラス戸も雨戸も開けた。途端に朝日が雀(すずめ)の鳴き声と共に盛大に部屋の中に広がった。

「ほとんどまったく眠れなかったはずなのに何故か爽やかだ」

どっかと縁側に座り桑島が言う。確かにそうだ。寝不足の頭の重さは何もない。

「むしろぐっすり眠ったみたいだね」

「おう」

訳の判らない事態に巻き込まれているという思いが知らずに気を張らせているのか。

桑島は水差しから昨夜使ったままの湯飲みに水を入れごくりと飲んだ。それから、やはり昨夜長火鉢の引き出しから見つけた煙草を取り、火を点けた。あの煙草ケエスを手に取り見つめる。

「松長さんに訊けばいいだけの話だな」

「そういう事だね」

朝には顔を出すと言っていた。朝飯まで出してくれると。ならば朝飯と一緒か終わった頃に来てくれるのだろう。昨夜話した事だが、思えば松長さんと偶然出会ったというのもどこかおかしいのではないかと。あの京子ちゃんにそっくりな仲居さんといい、余りにも何かが出来過ぎているではないかと。

「空は同じだな」

桑島が煙草の煙を吐き出して言う。

「此処が何処だろうと、空は同じだ」

私も隣りに座り込み煙草に火を点け空を眺めた。成程確かにそうだ。日本中、いや世界中何処に行こうともこの空は同じなのだろう。繋がっているのだから。

「寒いな」

「確かに」

何も考えずに窓を開けたがすこぶる寒い。そこに、失礼します、と、障子の向こうから声がした。

「はい」

答えると、お目覚めでございましょうかとまた訊く。

「はい、起きてます」

そこで障子が開いて、仲居さんが炭を持って現れた。

「お寒うございますよ」

苦笑いしながら言うので、さっさと戸を閉め中に入った。仲居さんが持ってきた炭はとうに熾(おこ)りあっという間に部屋の空気を暖めるような気がした。帰り際に朝食の御用意をしていいかと訊くのでお願いしますと答えた。桑島と顔を見合わせ、どちらともなく溜息をつくと、また声がした。

「お早うございます」

松長さんの声だ。

「どうぞ!」

答えると音もなく障子が開き、松長さんが洋装でそこに控えている。

「よく眠れましたか」

眠ったような気はしないのだが、気持ちは良い。そう答えるとにこやかに微笑み頷いた。

「先にコオヒイをお持ちしたのですが、如何でしょうか」

「珈琲？」

松長さんが脇に置いておいたらしい盆を手にして立ち上がり部屋の中に入って来た。成程そこには白磁のテイカップとポットがある。最前から何か薫りがしていたのはそれか。

「朝から珈琲ですか」

「習慣でしてな。朝飯の前に飲まないとどうにも身体がしゃきっとしません。お嫌いですかな」

「嫌いも何も」

一度か二度しか飲んだ事がない。苦味の中に何とも言えない美味しさを感じたのは覚えているが。

「まぁどうぞ。話の種にはなるでしょう」

まだ顔も洗っていないが先程の朝の冷気で頭も身体もはっきりしている。促されるままに二人でカップを手にして珈琲を飲む。

「お」

桑島が声を上げた。

「うん」

私も思わず声を出した。記憶にある珈琲の味よりはるかに軽やかで飲みやすい。

「慣れない方のお口に合うように、少し薄めにしました。アメリカン、と私達は呼んでいます」

「American?」

其れはむろん亜米利加の事だろうが。

「何故珈琲をAmericanと呼ぶのです?」

訊くと、松長さんはにこりと微笑み、カップを傾けて珈琲を飲んだ。

「其れを話し出すと、かなり時間が掛かりますな。今日のご予定は如何いたしますか」

桑島と顔を見合わせた。桑島が、くい、と顎を動かして私に任すという意思表示をする。

「何はともあれ、〈糸井呉服店〉に行ってみたいのです」

松長さんは、うん、と頷いた。

「確かめるのですね。其処に糸井馨という帝大生は居ないと」

「信用しない訳ではないのですが」

松長さんは頷いて微笑む。

「他には何か」

促されるままに、昨夜の事を話してしまった。下宿に連絡を取ろうと思ったが、まったく話が通じなかった。私が糸井という友人に感じていた不可思議な感覚。〈火鉢〉という不思議な政府の役人。

そして。

「この煙草ケエスの日付ですが」

私が言うと、桑島がそれを持って見せた。

「〈1951.4.17 Happy Birthday〉とあります。これもまたおかしな話だと」

「これは、松長さんの誕生日なんですか？」

続けて桑島が訊いた。松長さんはそっと手を伸ばしてその煙草ケエスを受け取り、其処に一本残っていた煙草を取り、炭で火を点けた。そうして一息吹かし、微笑んで私と桑島の顔を見る。

「其処まで不可思議な事が身の周りに起こり、その理由をあれこれ考えた。それをこれから全部理屈が通るように解釈し、片付けようと思っておられるわけですね」

「その通りです」

松長さんは、珈琲を一口飲む。

「では、全てを白日の下に晒（さら）しましょうか」

「何と？」

桑島が身を乗り出した。

「ご説明しましょうか、と申し上げたのです。一体お二人の身の上に何が起こっているのかを」

思わず眼が大きく見開いてしまった。そして、そのまま桑島と顔を見合わせた。

「貴方(あなた)は、何もかも知っていると仰有(おつしや)るのですか」

松長さんは、ゆっくり頷いた。

「お二人に昨晩お会いしたのは偶然ではありません。私の方から、お二人の前に現われたのです」

そうして松長さんは煙草ケエスを広げて私達の方に向けた。

「お二人の推測通り。ここに刻まれた日付は私の誕生日です」

息を、飲んだ音が聞こえた。自分のものだった。

「そりゃあ」

桑島が今までに聞いた事もないような素っ頓狂な声を上げた。

「どういう事ですか！」

今は、西暦で言うのなら一九〇三年。一九五一年生まれの人間なぞ存在する筈がない。

「貴方は、未来の世から来たというのですか！」

桑島の声が高く響く。松長さんは優しい笑みを湛えたまま、ほんの少し首を捻った。

「ある意味ではそうですが、ある意味では違います」

謎掛けのような事を言う。

「圖中さん」

「はい」

「貴方は、大分以前から糸井馨という人物に何か違和感を感じていた。そうですね？」

其の通りなので頷いた。

「其れがあったので、これは上手く行くのではないかと」

「上手く行く？」

「私達の、いえ、糸井馨からの提案がです」

「提案？」

何もかもが疑問符に変わっていく。桑島とまた顔を見合わせた。

「はっきり仰有ってください。どういう事なんですか。あなたは糸井馨という帝大生などいないと言ってましたが、糸井を知ってるのですか」

「知っています」

桑島がパシシ！　と自分の頬を叩いた。

「からかっているんじゃないでしょうな！」

「とんでもない。糸井馨は、私のところの職員です」

「職員?」

そこで、松長さんはジャケットの内ポケットに手を入れ、何かを出した。

名刺だ。今まで見た事は無いが話には聞いている。ネエムカアドだ。それを私達に渡す。受け取って、二人で顔を並べて見た。

〈馬場横町市立図書館　館長　松長直次郎〉

「図書館?」

「館長さん?」

呆気に取られるとはこういう事だ。どんなとんでもない肩書きがそこに書かれているのかと思えば。

「図書館と言えば、帝国図書館があるが」

「所謂(いわゆる)文庫とか集書院の事ですね?」

欧米のそれに倣い、古今東西の書物を集め多くの人が自由に閲覧できる施設の呼称をそうしたものだ。正にこれからの時代にはさらに必要なものになるだろう。松長さんは大きく頷いた。

「この時代にはまだ始まったばかりの制度ですが、私の生きている時代ではごく当たり前のものです。日本中のあらゆる都市に、町に、村に図書館があり、其処にはたくさんの古今東西の本が揃えられ誰もがそれを読む事ができます。馬場横町市立図書館にはおよそ四十五万冊の蔵書があります」

「四十五万冊?!」

途方もない。眩暈を起こしそうな数字だ。学問の徒としてそれだけの蔵書に囲まれたのならどれ程の幸福を感じる事か。

「そうして、糸井馨はそこの職員であり、さらに言えば、榛美智子は副館長です」

榛先生もが。桑島がぶるんと頭を横に振って言った。

「松長さん」

「はい」

「顔を洗って来て、いいですかね」

「どうぞ」

廊下の右に洗面所があると言う。私もふらりと立ち上がった。頭を冷やさねば次々に出てくる予想だにしない言葉にあてられそうだった。

洗面所は広く、二人で並んで顔を洗う事が出来た。清潔そうな洋風のタオルも置いてある。桑島がばしゃばしゃと水音を立てて顔を洗いタオルで拭く。

「圖中」

「うん」

「信じられるか」

未来の世の人間などと、到底信じられる話ではない。しかし。

「何かが、僕の中の何かが〈これは嘘ではない〉と言っているんだ」

そう言うと、桑島はまじまじと私の顔を見つめ、よし、と唸った。

「腹を括った」

そうだ。桑島はそういう顔をしていた。

「もう俺は驚かねぇぞ」


部屋に戻ると、仲居さんが一人松長さんの脇に控えていた。思わず、声を上げてしまいそうになった。あの、京子ちゃんによく似た仲居さんだ。朝食を運んできたのだろう。膳が三つ用意されている。桑島も驚かないと言った手前声を上げなかったが、失礼のないように仲居さんをちらちらと見ている。

「どうかね」

松長さんが膳の用意をする仲居さんに声を掛けた。

「まだ今日で十日も経たないが、ここの仕事は」

「はい、皆さん良い人ばかりで、楽しいです」

少し恥ずかしそうに微笑み、京子さんという仲居さんはほんの少しく私達にも眼を向けた。本当にそっくりだ。いや瓜二つと言うか、声まで本人そのものだ。

「そうですか」

松長さんはにっこりと微笑み、仲居の京子さんが一礼して部屋を出ていった。

「さぁ、食べましょう。腹が減っては戦が出来ぬと申します」

確かにそうだ。焼き魚や卵焼きの匂いに途端に食欲が湧いてきた。

「十日も経たない、と仰有いましたね」

京子さんはそう言った。ここで働き出して十日目ぐらいという意味だろう。

「そうですね」

気になった。桑島も気づいたのだろう。

「京子も、私の妹の京子も田舎に帰ったのは十日ほど前なのですがね」

そうですね、と、松長さんは頷いた。

「京子さんにも素直に退場していただく事が出来てホッとしています」

「退場、とは」

「この〈物語〉からの退場です」

物語、とはなんだ。

「人生とは舞台のようなもの。そんなような意味合いの台詞はあちこちにありますでしょうな」

松長さんはあくまでも穏やかに話を続ける。

「確かにありますね」

誕生とともに幕が開き、死によって幕が閉じる。

「されば、舞台に登場する役者も数多くいるでしょう。圖中さんと桑島さんのこれまでの人生を舞台劇にするならば、京子さんもその登場人物の一人。自分の出番を終えれば舞台から姿を消します」

その通りだ。何もおかしな事は言っていないので、私も桑島も箸で朝食を摘みつつ、口を動かしつつ頷いていた。

「しかし、もしですよ。お二人の出ている舞台が、知らない間にそっくり入れ替わってしまっていたらどうでしょう」

「入れ替わっていた？」

「喩(たと)えれば、廻り舞台のような物です。お二人が舞台に立っているのに背景だけがぐるりと回転して入れ替わってしまい、圖中さんも桑島さんも其れに気づかずにいた。振り返ると何もかもが変わっている。どうなります？」

桑島が眉間に皺を寄せたが、小さく頷いた。

「慌てるでしょうな。まるで」

そこで、桑島の口がぱかりと開いた。

「まるで、今の俺たちですか！」

そうか。

「東京に居た筈なのに突然神戸に居て」

松長さんはうんうん、と頷いた。

「しかし、其れでも舞台は続きます。人生という長い長い劇は続くのですよ。お二人が居なくなった東京の方の舞台でも穴を開けるわけには行きません。もし役者が突然居なくなったら、どうやって続けます？」

「そりゃあ」

桑島が箸を振って言う。

「代役を立てるでしょうよ」

「その通りです」

松長さんは手にしていた箸と茶碗をそっと膳に置いて、私達を見た。

「仮に、お二人が主役であった演劇の題名を『こゝろ』としましょう」

「『こゝろ』？」

「『こゝろ』の舞台は東京です。其処から出る事は殆どありません。ましてやお二人で神戸にやって来る、などという場面は無いのです」

まぁ、確かに無いであろう。少なくとも糸井が知己でなければ私が神戸に来る件など考えられない。

「つまり、お二人が居なくなってしまった『こゝろ』の舞台は、代役を立てて進められる事になりました。いえ、もうなっているのです。東京ではあなた方二人の代役が既に『こゝろ』の主人公になって、舞台は進んでいます。それはもう」

言葉を切って、ゆっくりと私達の顔を見回した。

「決して止まる事はありません。お二人の出番は永久に失われたのです」

出番は失われた。松長さんはそう言った。

「これから私が話す事はおよそ信じられないものでしょう。しかし、これは嘘偽りない真実なのです。まずは聞いてください」

ゆっくりと、嚙(か)んで含めるように松長さんは私と桑島を見ながら言う。頷くしかなかった。

「お二人は、これまでは物語の中の、ある小説の中の登場人物でした。ですから生身の人間ではありません。架空の存在です」

登場人物？　桑島と顔を見合わせた。

「小説、の中の？」

「架空の存在？」

「そうです」

生身の人間ではない？　思わず自分の身体をまさぐってしまったが、確かに身体はある。しかし、そういう事ではない、というのは理解できた。何故かは判らないが、納得してしまったのだ。

「どんな小説なのですか」

名作です。松長さんはそう言った。

「その物語は、我々日本人が世界に誇っていい、時代を超えて人々に愛される物語なのです」

「ひょっとして」

それが、さっき言ったものでしょうかと訊いた。確か、『こゝろ』と。松長さんは感心したように頷いた。

「思った通り、あなた方は非常に柔軟で明晰な思考をする方々です」

その通りです、と続けた。

「私達の時代では文豪と呼ばれる夏目漱石が、大正三年、一九一四年に執筆し刊行された『こゝろ』という小説です。大正とは、今の明治の世の次にやってくる時代の年号ですよ。あなた方の感覚で言うと、あと十年ほども後ですね」

何も言えなかった。桑島もそうだった。黙って聞くしかなかった。

「夏目漱石先生は、此処にも登場はしましたが架空の存在ではありません。実在の、つまり私と同じ存在の人間でした。私の世界ではもうとっくに故人になっています。しかし、お二人は、単に小説の中の登場人物に過ぎず、実在の人間ではなかったのですよ。『こゝろ』の中では、圖中さんは語り手の一人なので〈私〉もしくは〈先生〉と呼ばれています。桑島さんは、単に〈K〉と呼ばれています」

私達二人の顔をしっかりと見つめた。

「繰り返しますが、お二人は架空の存在だったのです。理解できますか?」

出来そうもなかったのだが、やはり頷いてしまった。そして考えた。この人の、松長さんの言葉は何故か信じられる。しっくり来るといえばいいのか。考えを組み立ててみた。

「松長さんは、今、お幾つなのでしょう」

「六十になります」

「六十」

一九五一年生まれで六十歳ということは。

「西暦二〇一一年の日本で、その時代の年号が判りませんが、暮らしている人間ということでしょうか」

松長さんは、にっこりと微笑んで頷いた。

「その通りです。私は西暦二〇一一年の日本で暮らしています。ちなみに年号は平成と言います」

平成。

「瑣末な部分はいいでしょう。私が何故ここに、お二人の物語の中にやってきたか。それは、この世界が改変されていたからです」

「改変？」

「私の図書館が所蔵している夏目漱石の『こゝろ』の初版本の内容が勝手に変わってしまったのです」

桑島が首を傾げながら聞いた。

「それはつまり、本に印刷されたものが、文字が、まるで生き物みたいに勝手に変わったってことですか？」

「そうです」

続けて私が訊いた。

「西暦二〇一一年の日本ではそんな面妖な事がよく起こるのですか？　印刷された本が勝手に変わるなどと」

「有り得ません」

松長さんはゆっくりと頷いた。

「私達の時代でも、そんなことは有り得ない事です。紙に印刷されて本として出された書物は永遠に変わらない。それは当たり前の事です。変わるなんて事があってはならないのです。あなた方も本をたくさん読まれる方だ。自分が大好きになった大切にしている物語が、小説が、名作が、ある日開いて読んだら内容が変わっているなんて許せますか？」

「それは」

確かに許せない。事態としては非常に興味深いが。松長さんはそうでしょう、と頷く。

「私達は、その有り得なくも許せない事態を元に戻す仕事をしているのですよ。〈話虫干〉と、呼んでいます」

「話虫干」

「衣魚（しみ）という虫は本を、紙を食べてしまいますが、本になった物語を勝手に変えてしまう虫がいるのですよ。それを〈話虫〉と名付けました」

桑島が、ポン、と手を打つ。

「その〈話虫〉を干すから、〈話虫干〉ってわけですか」

「その通りです」

判った。

唐突に思い当たった。

「〈火鉢氏〉が、〈話虫〉なのですね?!」

言うと、松長さんは大きく頷いた。

自分たちが実在の人物ではない、などとは信じたくはない。しかし、一度それを納得してしまえば、こうして松長さんから事情を聞けば、話は繋がる。桑島も大きく頷いた。

「あいつが、勝手に俺たちの世界を改変しちまったのか！」

「京子ちゃんも、夏目先生も、ホームズさんも、エリーズさんも、皆が皆、〈火鉢氏〉が勝手にこの物語の中に連れてきた登場人物だったと。そういう事なのですね？」

そういう事です、と松長さんは言った。

「何なのですか正体は。その〈話虫〉というのは」

「人間ですよ」

「人間？」

正確には、と言って松長さんは人さし指で天を指差した。

「人間の魂」

「魂」

「本当に、心底物語を愛して止まない人間の迷える魂が、〈話虫〉の正体なのです。彼らは、愛するが故に物語を自分の物にしようとする。あるいは自分がその中で好き勝手に振る舞おうとする。その結果、物語が勝手に変わってしまうのです」

物語を愛する人間の魂。それは、非常に多いのではないか。

「幽霊ってことですかい」

桑島が訊くと、松長さんは苦笑した。

「どうなのでしょうね。それは私達にも判りません。とにかく私達のすべき事は、〈話虫〉が勝手に変えてしまった物語を元の通りに戻すことです。その為に、こうして物語の世界に入り込み、その世界に生きる人間として振る舞いながら、増えてしまった登場人物を消し去ったり、行動を変えた登場人物たちを元のレエルに戻したりするのです。しかし、今回は」

私と桑島の顔を見る。

「あなた方二人を、元のレエルに戻さないようにしようと決めて、そうしました」

「何故です」

松長さんは少し眼を伏せた。

「あなた方は、いえ、本来の『こゝろ』に登場する〈K〉は自殺してしまうからです」

〈K〉とは桑島の事と、言っていた。桑島は眼を見開き、私は桑島を見つめた。

「俺が、自殺？」

「原因は、圖中さんです」

「私が？」

そうです、と頷いた。

「物語でははっきりとは書かれていませんが、圖中さんである〈私〉は〈K〉の自殺は自分のせいだと認識し、その後長い人生をずっと悔みながら過ごし、最後に自分もまた自殺してしまいます」

「何と」

桑島は、呆けたように口を開けた。

「それを、忍びないと言った人物がいるのです」

すぐに思った。

「糸井ですね？」

我が友。

「糸井が、僕達を」

私がそう言うと、襖(ふすま)がからりと開いた。

「榛先生」

誰だか一瞬見誤ってしまった。しかし確かに、糸井の叔母の榛先生だった。

「その姿は」

榛先生はにこりと微笑む。

「この姿が、いつもの私なのですよ」

スウツなのだろうが、女性がこんなスウツを着ているのを初めて見た。紺色の女性の身体のラインがすっきりと目立つものだ。榛先生は軽やかに動き、手に持っていた本をそっと長火鉢の縁に置いた。

「これは？」

「君達の物語の本ですよ」

「俺達の？」

桑島が手に取り、二人で見た。著者名が書かれていた。糸井馨、と。そして題名は。

「『話虫干』？」

「開いて御覧なさい」

榛先生に言われて手に取り、ペエジを開くと、目次も何もないし肝心の物語は何も書かれていない。しかし、登場人物の名前だけは書いてある。

「俺達の名前じゃないか」

桑島が僕を見た。

「そうです」

圖中和生と桑島芳蔵は、二十四歳。帝大生という身分はそのままだけど、高等遊民として暮らしていける程度の財産はある二人。そういう設定にしておいたと榛先生は続けた。

「勿論これは見本なんですけどね」

「本物は私達が勤める図書館の倉庫の、テエブルの上にあって、今まさに物語が書かれている最中です」

「最中？」

にこりと微笑み、榛先生は頷いた。

「其れでは、書いているというのは」

「そうです。うちの糸井馨が必死になって書いていますよ」

「糸井が」

其れが、新しい二人の物語の舞台になります。榛先生はそう言った。

「先生」

「はい」

「ひょっとして、僕たちは、その〈話虫〉とやらと同じような存在になったということなんでしょうか？」

榛先生は少し驚いた表情を見せた。

「説明しても納得してくれるかどうかって思っていましたけど、さすがですね」

むしろ、圖中くんは、最初からそうだったのかもしれませんと言う。

「僕が？」

「ずっと圖中くんは、うちの糸井にどこかおかしな感覚を抱いていましたね？」

そうなんだ。あの何とも言えない感覚。

「どう表現していいのか判りませんけど、どうにもあやふやな存在だと感じることがあったんです。僕の中で、糸井が」

「その時点で、もう圖中くんは『こゝろ』の登場人物としては存在していなかったのかもしれないんですね」

だから、こんな事ができたんですと榛先生は言う。

「今まで私達は多くの〈話虫干〉をしてきましたがね」

松長さんが続けた。

「こんな事態は初めてなのですよ。登場人物が別の存在として、存在できるなんてのは」

別の存在。

「どうしてそんな事に、と訊いても判らないのでしょうね」

そうですね、と松長さんは頷いた。

「何が起こるのか私達にも判らないのが〈話虫〉の世界なのですよ」

もう、私達はあの世界に戻れない。

静さんにも、奥さんにも会えない。

何故かは判らないのだけど、はっきりと認識できている。そういう事になってしまったんだと。

「それでは、俺と圖中は、これから糸井が描く世界の登場人物として生きるという事ですか。あいつの書く物語によって、行動が、人生が決定されるのですか」

「そんな事はありません」

榛先生は可笑しそうに笑った。

「既にあなた方は、この絡繰（からくり）を何もかも知ったじゃないですか。自我を持った人間じゃないですか。糸井が書いた物語通りに動ける筈がないでしょう。操り人形ではないのですから」

其れはそうなのだが。

「では、糸井が書いている物語というのは」

榛先生がにっこりと微笑んだ。

「糸井とあなた方が出会ってから、これまでの物語ですよ。これからのあなた方の基礎となる物語。これからどう生きるべきかの指針となる、拠り所となる、あなた方の今までの物語を彼は書いているんです」

そこから先は、と、榛先生は続けた。

「つまり、この瞬間から、あなた方の人生は、あなた方次第です」

あなた方が、自分の人生の物語を書くのですよ、と。

＊

松長さんと榛先生はあの〈火鉢氏〉を探すと言って部屋を出て行った。私達も手伝おうとしたのだが其れには及ばないと。実際今は此処を動きたくないでしょう？　と榛先生は微笑んだ。

そうなのだ。何故かは自分でも判らないのだが、今は此処でゆっくりしたいと思っている自分が居た。

「糸井の奴が用意してくれると言っていたな」

「うん」

僕と桑島の新しい世界を。此処から始まる自分たちの人生の基礎となる部分を。だから此処から動きたくないのだろう。其れが決まるまで。

「おかしな気分だ」

桑島が苦笑しながら言う。

「確かにね」

「しかし、嫌な心持ちじゃない」

言ってみれば過去が全て、今までの自分が全部無くなってしまったというのに、悲しくも無い。寧ろ、爽やかな気分でさえある。

桑島が立ち上がり、また縁側の戸を開けた。風が流れ込んでくる。寒い筈なのに、何故か心地よい風が。

「何処でも、空は同じ、か」

そうだ。何処でどんな人生を送ろうと、この空の下に居る事には変わりがない。

「今度糸井に会ったら、盛大に旨い飯と酒を奢ってもらおうぜ」

桑島が笑った。

「そうだな」

そうしよう。

必ずまた、会える筈だ。

友に。

「僕もだ」

終章

がばっ、って感じで寝ていた榛さんが起きた。同時に松長さんも。なるほど、話虫干が終わって起きるときはこんな感じなんだ。

「お疲れさまです」

松長さんはうん、と頷いてからぐるりと首を回した。

「どうでした？　圖中と桑島は納得していましたか？」

上手く行ったのはもうわかっているんだ。ずっとトレーサーで確認していたんだから。でも本人たちが本当に心の底から理解していたかどうかは実際に会って話をした二人じゃないと。

「それはもう」

榛さんと松長さんが同時に頷いた。

「良かった」

「あれですね」

松長さんは感心したように頷いた。

「二人とも既に魂は別のところにあったのでしょう。何の混乱もなく自分たちがどうなったかを理解してくれましたよ」

たぶん大丈夫だろうって思ってはいたんだけど。

「〈話虫〉は？ 〈火鉢君〉とあの子供は」

そこがいちばん気掛かりだったんだけど、榛さんは苦笑いした。

「結局、うまく逃げられてしまったね。正体も本当に石川啄木の魂だったのかどうかはわからずじまいさ」

「そうですか。大丈夫でしょうかね」

〈話虫干〉が成功したのはわかっている。このテーブルの上にある『こゝろ』は、もう元の状態に戻っているんだから。

「まぁ」

榛さんが小さく首を傾げた。

「今回のことで懲りただろうからね。しばらくは動きは見せないんじゃないのかい。見せればまた干せばいいだけの話さ」

「それよりどうかね、執筆は進んでいますか」

松長さんが僕のノートパソコンを覗き込んだ。

「いや、いざ書き出すと難しいですね」

書かなきゃならないものは全部わかっているんだ。何せ自分が体験したことをそのまま書けばいいんだから。でも、これがなかなか大変だ。

「小説家ってすごいなって思いました」

「そうだろうね」

長い文章をきちんと整理して書けるってことだけでもすごいんだって思う。

「まぁ、焦ることはない。あちらとこちらでは時間の流れ方が違う。君が何ヶ月掛かって書いたとしても、向こうでは煙草を一本吹かして休んでいる間かもしれない」

「そうですね」

できあがるのが、楽しみだ。

圖中と桑島と、あの時代を一緒に過ごした物語。これが完成した後に、いったいどんな風に変化するのか。

圖中と桑島が、自分たちの物語の世界でどんな人生を送るのか。

「いつか、遊びに行けるんですよね？」

「行けるかもしれないね」

榛さんが微笑んだ。

「そのためには、彼らが作った物語の中に、別の〈話虫〉が入り込まなきゃならないけどね」

そうなんだ。それがなけりゃ僕たちは入り込んでいけない。でもきっと、そう遠くないうちに会える気がしている。

今度は本当に、ちゃんと何もかもを理解した友人として。

「それじゃ、これを渡しておこうかな」

松長さんが僕に一冊の本を手渡した。まだ何も書かれていない、全部が白紙の分厚い一冊の本。

「手書きしなきゃならないんですよね」

「タイトルと登場人物だけだよ。そうしておけば、これが彼らの物語になる」

受け取って、最初のページを開いた。松長さんが骨董品クラスの万年筆を僕に手渡してくれた。

「書きます」

『話虫干』　糸井馨
　　　　　圖中和生
　　　　　桑島芳蔵

私と『こゝろ』

私が夏目漱石の『こゝろ』を読んだのは中学生の時だ。正確に言うのなら中学二年生、十四歳の夏休みに入る前の六月だ。

その頃の私と言えば音楽に夢中になっていた。ロックやフォークやポップスだ。親に我儘を言って安いフォークギターを買ってもらい、勉強もそっちのけで毎日毎日ギターを弾いて、そして自分で作詞作曲をしていた。毎晩〈オールナイトニッポン〉を聴いていた。お小遣いは全部貯めてレコードを買うことだけを考えていた。小学校の頃に江戸川乱歩に夢中になって〈少年探偵シリーズ〉からジュブナイルのエラリィ・クイーンやアガサ・クリスティ等は読み通していた読書好きだったけれども、そうやって音楽に夢中になってからは読書からまったく遠ざかっていた。

そんな私が何故『こゝろ』を手にしたのかというと、誇張でも何でもなく、自分の作詞能力に限界を感じたからだ。

言葉が、足りない。

そう感じたのだ。

どうしたらいいのか。それは本を読むしかないだろう。

そう思った私は姉のいない隙を狙って部屋に入り、本棚の前に立った。三つ上の姉はかなりの読書家だった。文庫本が棚一杯に並んでいたのだ。その中で夏目漱石『こゝろ』の背表紙が眼に飛び込んできた。

(これは、知ってる)

教科書に載っていたのかあるいは何かで知ったのかはよく覚えていない。とにかく夏目漱石という明治の文豪の名はもちろん、『こゝろ』の題名も知っていたのだ。手に取り、自分の部屋に戻り、机に座ってページを開いた。

一ページ目から、引き込まれていった。

元々が読書好きだ。そしてテレビドラマや映画が大好きだった。冒頭の〈私は其人を常に先生と呼んでいた〉という一文を読んだ瞬間に私の頭の中には〈先生〉が生まれた。〈私〉も生まれた。そして〈K〉も。彼らが話し合う様子がありありと浮かんできた。連れ立って道を歩く様子も浮かんできた。墓参りに行ったり、実家に帰ったり、酒を飲んだりする様子も奥さんの悲しげな様子も全てが、何もかもが眼前に色鮮やかに浮かび繰り広げられた。

血まみれの〈K〉の顔色さえ判断できた。

そんな読書体験は初めてだったと言ってもいい。

気づけば、欠かさず聴いていた〈オールナイトニッポン〉の第一部を聴き逃してしまっていた。

『こゝろ』は、文字通り私の心に突き刺さった。深々と刻まれた。何がそんなに、という分析は野暮だろう。そういうものなのだ。それから四十年近くが経っているけれども、少なくとも一年に一回は読み返しているので四十回以上は確実に読んでいるだろう。何度読んでも、読み返しても、本を閉じた私の心に浮かんでくるのはたったひとつの事柄だ。

彼らに生きていてほしい。

ただ、それだけ。

変な物語を書いてしまったという自覚はある。この名作を冒瀆するのかと罵られてもしょうがないと思っている。

けれども私は、とにかく私は、あの時代の中で〈先生〉に生き続けてほしかったのだ。〈K〉にも生きていてほしかったのだ。

二人に、永遠の友情を誓ってほしかった。そんなものは有り得ないとか予定調和だとか奇麗事だとか世界を壊すとかそれじゃ『こゝろ』にならないとかええいもう何と言われようと構わないんだ。

生きていてほしかったんだ。笑い合ってほしかった。

だから、書いた。

圖中と桑島を。そして糸井を。

あ、できればもう一度三人の物語を書きたいと思っていますので、そのときはどうぞまたよろしくお願いします。

小路幸也

本書は、小社刊行の雑誌『ちくま』（二〇〇九年一〇月号—二〇一一年九月号）の連載に加筆したうえで、二〇一二年六月、小社より刊行されました。

星間商事株式会社社史編纂室 三浦しをん

二九歳「腐女子」川田幸代、社史編纂室所属。恋の行方も友情の行方も五里霧中。仲間と共に「同人誌」を武器に社の秘められた過去に挑む⁉（金田淳子）

虹色と幸運 柴崎友香

珠子、かおり、夏美。三〇代になった三人が、人に会い、おしゃべりし、いろいろ思う一年間。移りゆく季節の中で、日常の細部が輝く傑作。（江南亜美子）

図書館の神様 瀬尾まいこ

赴任した高校で思いがけず文芸部顧問になってしまった清（きよ）。そこでの出会いが、その後の人生を変えてゆく。鮮やかな青春小説。（山本幸久）

僕の明日を照らして 瀬尾まいこ

中2の隼太に新しい父が出来た。優しい父はしかしDVする父でもあった。この家族を失いたくない！隼太の闘いと成長の日々を描く。（岩宮恵子）

通天閣 西加奈子

このしょーもない世の中に、救いようのない人生に、ちょっぴり暖かい灯を点す驚きと感動の物語。第24回織田作之助賞大賞受賞作。（津村記久子）

この話、続けてもいいですか。 西加奈子

ミッキーこと西加奈子の目を通すと世界はワクワク、ドキドキ輝く。いろんな人、出来事、体験がてんこ盛りの豪華エッセイ集！（中島たい子）

君は永遠にそいつらより若い 津村記久子

22歳処女。いや「女の童貞」と呼んでほしい――。日常の底に潜むうっすらとした悪意を独特の筆致で描く。第21回太宰治賞受賞作。（松浦理英子）

水辺にて 梨木香歩

川のにおい、風のそよぎ、木々や生き物の息づかい。カヤックで水辺に漕ぎ出すと見えてくる世界を、物語の予感いっぱいに語るエッセイ。（酒井秀夫）

アレグリアとは仕事はできない 津村記久子

彼女はどうしようもない性悪だった。すぐ休み単純労働をバカにし男性社員に媚を売る。大型コピー機とミノベとの仁義なき戦い！（千野帽子）

ピスタチオ 梨木香歩

棚（たな）がアフリカを訪れたのは本当に偶然だったのか。不思議な出来事の連鎖から、水と生命の壮大な物語「ピスタチオ」が生まれる。（管啓次郎）

美食倶楽部　谷崎潤一郎大正作品集　種村季弘編
表題作をはじめ耽美と猟奇、幻想と狂気……官能的な文体によるミステリアスなストーリーの数々。大正期谷崎文学の初の文庫化。種村季弘編で贈る。

英語で読む 銀河鉄道の夜（対訳版）　宮沢賢治　ロジャー・パルバース訳
〝Night On The Milky Way Train〟（銀河鉄道の夜）賢治文学の名篇が香り高い訳で生まれかわる。文庫オリジナル。井上ひさし氏推薦。（高橋康也）

宮沢賢治のオノマトペ集　宮沢賢治　杉田淳子編　栗原敦監修
賢治ワールドの魅力的な擬音をセレクト・解説した画期的な一冊。ご存じ「どっどどどどうど　どどうど　どどう」など、声に出して読みたくなります。

兄のトランク　宮沢清六
兄・宮沢賢治の生と死をそのかたわらでみつめ、兄の死後も烈しい空襲や散佚から遺稿類を守りぬいてきた実弟が綴る、初のエッセイ集。

三島由紀夫レター教室　三島由紀夫
五人の登場人物が巻き起こす様々な出来事を手紙で綴る。恋の告白・借金の申し込み・見舞状等、一風変ったユニークな文例集。（群ようこ）

肉体の学校　三島由紀夫
裕福な生活を謳歌している三人の離婚成金。〝年増園〟の例会はもっぱら男の品定め。そんな一人がニヒルで美形のゲイ・ボーイに惚れこみ……。（群ようこ）

反貞女大学　三島由紀夫
魅力的な反貞女となるためのとっておきの16講義（表題作）と、三島が男の本質を明かす「第一の性」収録。（田中美代子）

新恋愛講座　三島由紀夫
恋愛とは？　西洋との比較から具体的な技巧まで懇切丁寧に説いた表題作、「おわりの美学」「若きサムライのために」を収める。（田中美代子）

命売ります　三島由紀夫
自殺に失敗し、「命売ります。お好きな目的にお使い下さい」という突飛な広告を出した男のもとに、現われたのは？（種村季弘）

三島由紀夫の美学講座　三島由紀夫　谷川渥編
美と芸術について三島は何を考えたのか。廃墟、庭園、聖セバスチァン、宗達、ダリ。「三島美学」の本質を知る文庫オリジナル。

方丈記私記　堀田善衛

中世の酷薄な世相を覚めた眼で見続けた鴨長明。その人間像を自己の戦争体験に照らして語りつつ現代日本文化の深層をつく。巻末対談＝五木寛之

東京の戦争　吉村昭

東京初空襲の米軍機に遭遇した話、寄席に通った話。少年の目に映った戦時下・戦後の庶民生活を活き活きと描く珠玉の回想記。（小林信彦）

回り灯籠　吉村昭

きれいに死を迎えたい。自らが描き続けてきた歴史上の人物のように、潔く死と向き合い、決然とした態度を貫いた作家の随筆集。（曾根博義）

事物はじまりの物語／旅行鞄のなか　吉村昭

長篇小説の取材で知り得た貴重な出来事に端を発した物語の数々。胃カメラなどを考案したパイオニアたちの話と旅先での事柄を綴ったエッセイ集の合本。

ぼくは散歩と雑学がすき　植草甚一

1970年、遠かったアメリカ。その風俗、映画、本、音楽から政治までをフレッシュな感性と膨大な知識、貪欲な好奇心で描き出す代表エッセイ集。

いつも夢中になったり飽きてしまったり　植草甚一

男子の憧れJ・J氏。欧米の小説やジャズ、ロックへの造詣、ニューヨークや東京の街歩き。今なお新鮮さを失わない感性で綴られる入門書的エッセイ集。

こんなコラムばかり新聞や雑誌に書いていた　植草甚一

ヴィレッジ・ヴォイスから筒井康隆まで夜を徹して読書三昧。大評判だった中間小説研究も収録したJ・J式ブックガイドで「本の読み方」を大公開！

雨降りだからミステリーでも勉強しよう　植草甚一

1950～60年代の欧米のミステリー作品の圧倒的で貴重な情報が詰まった一冊。独特の語り口で書かれた文章は何度読み返しても新しい発見がある。

快楽としての読書 日本篇　丸谷才一

読めば書店に走りたくなる最高の読書案内。小説からエッセイ、詩歌、批評まで、丸谷書評の精髄を集めた魅惑の20世紀図書館。（湯川豊）

快楽としての読書 海外篇　丸谷才一

ホメロスからマルケス、クンデラ、カズオ・イシグロ、そしてチャンドラーまで、古今の海外作品を熱烈に推薦する20世紀図書館第二弾。（鹿島茂）

みみずく偏書記　由良君美

才気煥発で博識、愛書家で古今東西の書物に通じた著者が、書狼に徹し書物を漁りながら、読書の醍醐味を多面的に物語る。（富山太佳夫）

みみずく古本市　由良君美

博覧強記で鋭敏な感性を持つ著者が古本市に並べるのは時を経てさらに評価を高めた逸品ぞろい。新刊書に飽き足らない読者への読書案内。（阿部公彦）

女子の古本屋　岡崎武志

女性店主の個性的な古書店が増えています。カフェを併設したり雑貨も置くなど、独自の品揃えで注目の各店を紹介。追加取材して文庫化。（近代ナリコ）

昭和三十年代の匂い　岡崎武志

テレビ購入、不二家、空地に土管、トロリーバス、くみとり便所、少年時代の昭和三十年代の記憶をたどる。巻末に岡田斗司夫氏との対談を収録。

貧乏は幸せのはじまり　岡崎武志

著名人の極貧エピソードからユーモア溢れる生活の知恵まで、幸せな人生を送るための「貧乏」のススメ！　巻末に荻原魚雷氏との爆笑貧乏対談を収録。

本と怠け者　荻原魚雷

日々の暮らしと古本を語り、古書に独特の輝きを与えた「ちくま」好評連載「魚雷の眼」を、一冊にまとめた文庫オリジナルエッセイ集。（岡崎武志）

性分でんねん　田辺聖子

あわれにもおかしい人生のさまざま、また書物の愉しみのあれこれ。硬軟自在の名手、お聖さんの切口がますます冴えるエッセー。（氷室冴子）

あんな作家　こんな作家　どんな作家　阿川佐和子

聞き上手の著者が松本清張、吉行淳之介、田辺聖子、藤沢周平ら57人に取材した。その鮮やかな手口に思わず作家は胸の内を吐露。（清水義範）

男は語る　阿川佐和子

ある時は心臓を高鳴らせ、ある時はうろたえながら、12人の魅力あふれる作家の核心にアガワが迫る。「聞く力」の原点となる、初めてのインタビュー集。

屋上がえり　石田千

屋上があるととりあえずのぼってみたくなる。百貨店、病院、古書店、母校……広い視界の中で想いを紡ぐ不思議な味のエッセイ集。（大竹聡）

ねにもつタイプ　岸本佐知子

何となく気になることにこだわる、ねにもつ。思索、奇想、妄想はばたく脳内ワールドをリズミカルな名短文でつづる。第23回講談社エッセイ賞受賞。

全身翻訳家　鴻巣友季子

何をやっても翻訳的思考から逃れられない。妙に言葉が気になり妙な連想にはまる。翻訳というメガネで世界を見た貴重な記録（エッセイ）。（穂村弘）

とりつくしま　東直子

死んだ人に「とりつくしま係」が言う。モノになってこの世に戻れますよ。妻は夫のカップに弟子は先生の扇子になった。連作短篇集。（大竹昭子）

絶叫委員会　穂村弘

町には、偶然生まれては消えてゆく無数の詩が溢れている。不合理でナンセンスで真剣だからこそ可笑しい、天使的な言葉たちへの考察。（南伸坊）

パンツの面目ふんどしの沽券　米原万里

キリストの下着はパンツか腰巻か？　幼い日にめばえた疑問を手がかりに、人類史上の謎に挑んだ、抱腹絶倒&禁断のエッセイ。（井上章一）

言葉を育てる　米原万里対談集　米原万里

この毒舌が、もう聞けない……類い稀なる言葉の遣い手、米原万里さんの最初で最後の対談集。VS.林真理子、児玉清、田丸公美子、糸井重里ほか。

私の猫たち許してほしい　佐野洋子

少女時代を過ごした北京。リトグラフを学んだベルリン。猫との奇妙なふれあい。著者のおいたちと日常をオムニバス風につづる。（高橋直子）

アカシア・からたち・麦畑　佐野洋子

ふり返ってみたいような、ふり返りたくないような小さかった時。甘美でつらかったあの頃が時のむこうで色鮮やかな細密画のように光っている。

私はそうは思わない　佐野洋子

佐野洋子は過激だ。ふつうの人が思うようには思わない。大胆で意表をついたまっすぐな発言をする。だから読後が気持ちいい。（群ようこ）

友だちは無駄である　佐野洋子

でもその無駄がいいのよ。つまらないことや無駄なことって、たくさんあればあるほど魅力なのよね。一味違った友情論。（亀和田武）

ちくま文庫

話虫干(はなしむしぼし)

二〇一五年五月十日　第一刷発行

著　者　小路幸也（しょうじ・ゆきや）
発行者　熊沢敏之
発行所　株式会社　筑摩書房
東京都台東区蔵前二―五―三　〒一一一―八七五五
振替〇〇一六〇―八―四一二三
装幀者　安野光雅
印刷所　三松堂印刷株式会社
製本所　三松堂印刷株式会社

乱丁・落丁本の場合は、左記宛にご送付下さい。
送料小社負担でお取り替えいたします。
ご注文・お問い合わせも左記へお願いします。
筑摩書房サービスセンター
埼玉県さいたま市北区櫛引町二―六〇四　〒三三一―八五〇七
電話番号　〇四八―六五一―〇〇五三

ISBN978-4-480-43273-5　C0193